黄昏の風景の中で

90歳のつぶやき

藤村　江

目次

黄昏の風景の中で

南に面した窓のガラス一面が、薄いオレンジ色に変っている。

急ぎ窓を開けてみて、息をのんだ。

西の空から茜雲がさーっと放射状に伸びていて、辺りを淡いオレンジ色に染め上げている。

いつもの地上の風景は、幻想的な色合いの中に静んでいる。

昼と夜の狭間のいっときの世界……。
秋のこの時期　稀に見られる夕映えの景色。

私も又、いま人生の黄昏の風景の中にいる。


かつて、がむしゃらに駆け抜けた長い歳月。

あの頃、夕映えの景色をゆったりと眺めた記憶などない。

私が三十八歳の時、夫は病で他界した。小学生と中学生の二人の子供を残して。

呆然としている中で、更なる追い打ちがかかる。

夫が、新たな事業の為に、旧知の建築屋に預けておいた金が返ってこない。

相手に破産されてしまえば、こちらに打つ手はない。


夫の闘病に続く死。あげく、大枚を持ち去られる……。

人間、こういっぺんに来られたら、たまらない。

すっかり消耗していた私が、その後の葬儀やら経済的な問題をどうやって乗り越えたのか、
今となってはよく分からない。

たぶん、希望もなにも無い中で、動き出すしかなかったのだ。

気がついたら、いつの間にか七十八歳まで、夢中で働いていた。

あの試練を乗り越えてきたこと、失敗したり上手くいったり、子供たちがしっかり成長して
くれたこと。色んな事の全てが、目の前の風景のように全て小さな奇跡に思える。

この世は、ありふれた奇跡で出来ている。

私は今　茜雲に彩られた大空を仰いで、「ありがとう」と呟く。
ここまで歩んできた自分……。
導いてくれた　大いなるものに。

新型コロナ騒動の中で

二〇二〇年　五月の記

二〇二〇年のこの年、私は九十歳を迎える。

私の生誕九十年目は、今、世界中に大流行を巻き起こしているコビッド―19と共の幕明けとなった。

中国の武漢に端を発したこの新型コロナは、初めは人から人への感染は無いと言われ、呑気にしていたら、それが否定されるやいなや、あれよあれよと言う間に広がり、忽ち世界中を席巻した。ここに至り漸く、WHOが「パンデミック宣言」を発令した。このとき既に、中国の春節によって彼の国の人々が、どっと入国してきていた。

折しも、感染者を乗せたイギリス籍の大型豪華客船が横須賀港に入港した。わが国は、この近年未曽有の事態に上を下への大騒ぎとなった。内外のメディア、論客の中からの批判の集中攻撃を浴びながら関係者は頑張っていた。

未知なるこのウイルスは、強い伝播力を持って、人に感染したら体内で増殖し、人から人へと渡っていく。今の処、若年層は、感染しているのも分からないまま治っている人もいると言うが、感染したら重症になるリスクは、歳が上るほど鰻登りに上っていくという。今年九十になる私なんぞはヤバい。

それに私は八年来の持病をもっている。医者から感染症には要注意、と言われていて、それで、プチ健康オタクみたいな処があり、ここ何年か風邪もひいたことがないが、それって感染しても発症しなかっただけかも知れない。が、今回のはそうはいかない。正直、怖い。ひそかに神頼みをしながら心に決めた。「賢く　怖れる」事にしようと。

よく言われる（手洗い、マスク、三密を避ける）この他にも栄養面とか、ストレスのケアとかも大切、と私は考える。

普段、テレビはあまり観ないが、今は重要な事は聴きたいので、一応テレビはつけるが途中で切ってしまう事もよくある。

テレビでは、コメンテーターや専門家・有識者などが連日、様々議論していて、教えられ、指針にもしているが、あまりそればかりを聴いていると、頭がコロナでいっぱいになってしまうので、時々、重要な事とかを聴くようにしているが、時に（？）と思うこともあるし、論議も錯綜していて……。先行きは誰にも判らない。

判ったのは、今回のコロナ騒動で、様々な人の、其々の国の持つ、品格、民度が、いみじくも露呈されたことだ。

特定の誰かを指して不当に攻撃したり、度し難い不寛容さをみせる。

コロナに関し、隣国を指して「コロナ防疫に成功している、見習うべきだ」とか礼讃する人も多いが、（五月初めの今）この先まだ判らないのに。

今の処、欧米諸国に比して断然、我が国は感染者・不幸にして亡くなられた方の数は少ない。分からないが、この国が清い豊富な水に恵まれているのも良かったと思う。

国民の多くが、自粛要請に応えている姿勢、この病に関わって頑張っている医療関係の方々、リスクを背負いながらも懸命に働いている人々。こちらもメディアは、敬意、労いをもって伝えて欲しい。一部が牽引する偏向した同調圧力が怖い。

現状認識の薄い人の中には、例えばスーパーの店員に無理、わがままを言って、二、三十分も貴重な時間を費やさせる。相手の事を少しも考えていない。

コロナに関して、対応の遅れとか、政策の問題点とか、種々指摘されるが、私は、行政の方針に従う。自粛要請にも多くの人々と共に……。

と言っても隠居の身は、以前の生活とさしたる変わりもないが、それでも家で自粛して過ごす。独居生活の普通に家事をし、本を読んだり、書いたり、ネットで色々見たり聴いたりして過ごす。朝は三十分ほど、部屋の日だまりの中で何かをしながら日光浴をする。時々、家事や読書の合間の、ながら運動をしたり、家の近くを歩いたりして体を動かすようにしている。


図書館も閉じているし、本屋にも行けない。本を読むのが好きな私は困っていたら、息子が本を次々と持ってきてくれて助かった。

中でも、アシモフ原作の『黒後家蜘蛛の会』シリーズ五冊は、一冊の中に、短編十二話、全六十話は面白かった。

内容は、一貫して同じ場所（高級レストランの一室）、登場する七人のメンバーも同じ（弁護士・化学者・暗号専門家・作家・数学者・画家・給仕）。月一度の定例会には一人のゲストがやって来て、難問を提起する。侃々諤々論戦を交わす六人の知識人たち。

だが、最後にこの謎解きを完結させるのは、決まって傍らに慎ましく控える給仕のヘンリー。アシモフをして言わしむる「いぶし銀」のような素敵なヘンリー。ある時彼は言う「わたくしはただ、落ち穂ひろいをいたすだけでございます」※1

そう、上手の手から洩れる水、それをそっと下で受け止める彼。好漢ここに在り。

買い物には、週に二、三回ほどスーパーに行くが、後は息子に頼んでいる。通販は以前から利用していて、有機の粉末緑茶・セイロンシナモン・ターメリック・青汁等々の他に、新たに加えた日持ちする物を色々購入している。ただ、やみくもに頼むのも、セーブしている。

スーパーに行く時は、帽子を冠り、マスクに、大きめのサングラスというでたちで出掛ける。これなら知り合いに逢ってもちょっと判らない。お店が空いている頃あいを見はからって、さっさと買物しての　帰り途……。

「まったく、いやなご時世になったもんだぜ……」と独りごちながら、ふと路傍に目をやると、ツツジの花が今を盛りと咲いている。

コロナ……？　どこ吹く風……といった風情で……。

白・赤・サーモンピンクなど、とりどりの花が、緑の生垣の上に、花のラッパを外に向けて、賑々しくお目見えしている。また、いつの間にか数を増したヒメジョオンが、あちこちで綻んでいる。白い花ビラが、真中の黄色の管状花を中心に、放射状に開いたこの小さな花たちは、数個ずつが集まっていて、まるで、小さな顔を寄せ合うようにして咲いている。

その間を、赤いポピーの花が、ぽつりぽつりと点在する。

目を下に移すと、其処ここで、既に咲き卒えたタンポポたちが、まあるい綿帽子を着けて、ぐーんと背伸びして、風待ち顔で立っている。

※1　著者　アイザック・アシモフ　訳者池央耿　書名『黒後家蜘蛛の会1』第8話「何国代表？」発行所（株）東京創元社　発行年2018年10月19日　3版

花の胴上げ

歩道の脇を、丸く刈られた低木が立ち並び、それを背に低い生垣が続いている。

生垣は、二日前に通ったときには茫々と枝葉が蔓延り、こんもりと、まあるく膨れあがっていたのが、その日は、しっかりと刈り込まれ、まるで、緑色の机を並べたようになっていた……。


びっしりと細かい葉をしきつめた机は、ずーっと続く……。


その何日か後、その緑の机の上に、小さな花が僅かに顔を覗かせていた。

更にその三日後ぐらいに、あれれ、身の丈二センチにも満たないラッパ形のピンクの花が……ラッパを上に向けて、あっちこっちに……せり出している。

その生垣の一部に、こんもりと丸く盛りあがった個所があって、そのてっぺんにも、小花が二りん、三りん、緑の葉群れの上に乗った……ちっちゃな花たち。

折からの微風にゆられて……まるで、葉っぱのみんなに……胴上げされているよう……。

百年前、スペイン風邪で逝った伯母
その忘れ形身の　兄

二〇二〇年　五月の記

一九一八年〜二十年にかけて、スペイン風邪と言われたインフルエンザが、猛威をふるい世界中を恐怖の底に突き落した。その三年間で、世界の患者数は約六億人で、二千万人―四千万人が死亡したとされる。

当時、我が国の人口は六五〇〇万人程度で、患者数は二三八〇万四六七三人。それにより、実に、三八万八七二七人が命を落としている（東京都健康安全研究センター「精密分析」による）。※2

そのスペイン風邪で、私の身内も犠牲になっている。

伯母とその長女（三歳）が亡くなり、伯母のお腹の中の胎児も運命を共にした。

当時、伯母の家族は伯母と夫、五歳の長男、三歳の長女、そして、伯母の妹である私の母との、五人の家族構成であった。

伯母とその子供達が発病した時、夫は、二里ほど離れた実家の農作業の手伝いに行っていて、其処で自身も発病してしまい、身動きが取れなくなっていた。

唯一罹患しなかった、当時十八歳の私の母が孤軍奮闘で看病に当たった。隣近所、親戚縁者、病人だらけの中である。この事を私は、十年前に書いたある応募小説の中で触れている。

仄かな灯りの下で、いよいよ……伯母が、三歳の我が子を道づれに旅立っていく下りでは……、私は涙を流しながら書いた。

若い頃、村小町と呼ばれていたという、写真で見た美しい伯母の面影と、その娘であるまだ三歳のいたいけな女の子の姿が浮かんできて……。

そして、この世に生まれ出ることが叶わなかったお腹の中の赤ちゃん……。

伯母の五歳の長男は、軽症で助かった。

その男の子は、後に私の兄となり、その父親が私の父となった。

私は、若くして逝った伯母と、三歳の従姉妹チエちゃん、お腹のなかの赤ちゃんへの鎮魂の思いと、母へのオマージュを書にこめた。

そんなにも大きな出来事だったのに、その事に関しては、母からはついぞ聴いた事はなかった。

昔、わたしは、ひょんな事から母の若い頃の日記を見付け、盗み読みした事があった。その内容を思い出しながら、又、他の人から聞いていた事なども、それらの記憶をたぐりながら書いた。


昨年末頃から始まった新型コロナウイルスが、世界中に広がり、今、五月の時点で尚、欧米を中心に感染は拡大を続けていて、形勢は、内外共にけっして予断をゆるさない。

百年前のスペイン風邪の時も、大きな二波、三波に襲われている。覚悟を持って、と総理も呼びかけておられる。


それにしても、私は改めて、百年前世界中に大流行を齎した（スペイン風邪）と言うものの、我国の桁違いな犠牲者の数に驚くのである。その禍々しさを想像すると、慄然とする。

母が黙して語らなかった理由が、今更にして分かるような気がする。

それを、不肖の娘は小説に書いてしまった。

伯母の忘れ形見の、あのとき五歳で罹患したが何とか助かった男の子。その私の長兄は、九十三歳で他界した。それから早十数年が経過した。

幼くして突然、過酷な試練の中に立たされてしまった彼は、その後の波乱の中を、健気にも逞しく生きた。その生涯を通して、苦労人の兄は強い人だった。その後半生は、運にも恵まれていた。青年期の七年間を、戦場で闘い、生還している。兄は真面目で、温厚な人柄は、誰からも信頼されていたと聞く。年の離れた私ら三人の弟妹にも終始とてもやさしい兄であった。

特に私は、夫が亡くなってから色々助けて貰った。自分の手に余ることを相談すると、兄は快く智慧を貸してくれ、手を貸してくれた。私が、土地絡みの件で難渋していた時、兄が動きだしてくれて、解決に導いてくれた事があった。それ以後は、それまで長い間、頻繁にきていた脅しの電話も書簡もこなくなり、久しぶりに私は、夜ゆっくりと眠られるようになった。

私は「兄ちゃん、ありがとう」と、心から兄に礼を言った。

兄の生前、私ら兄妹四人は、一緒に温泉旅行に何回か行っている。その折に、兄は、遠い遠い幼い頃の記憶を、私の訊くのに応えて掘り起してくれ、ぽつりぽつりと語ってくれた。私は、それに衝撃を受け、今も心に刻まれている。

兄の事を想いだすと、とても綺麗好きだった事、若い頃からかなりの煙草好きだったこと、又、まめに体を動かす人で、自分の家庭の事をよく手伝っていた姿とか、様々な場面が浮かんでくる。

私にとって、兄は、父母と共に、掛け替えのない敬愛する人である。

※2　東京都健康安全研究センター　日本におけるスペインかぜの精密分析（インフルエンザ スペイン風邪 スパニッシュ・インフルエンザ 流行性感冒 分析 日本）：（東京都健康安全研究センター）
http://www.tokyo-eiken.go.jp/sage/sage2005/　―二〇二〇年・五月一三日・一五時閲覧

みんな宇宙の一員

十数匹の蟻が小さな巣穴の周りを往ったりきたりしている。

「あ、これが婆さん蟻の警護団か？」

蟻は蜜蜂と同じように、働き蟻は全てメスで、若い内は巣の中で内仕事を務め、老いると外に出て働く。餌取りに出稼ぎに行ったり、巣の周りの守りを担う。外敵にも立ち向かう。

余命いくばくも無い、老いたる女兵士達だ。


動きまわるアリ達の周りには、桜の花びらがしきりに舞いおり、近くにはタンポポが咲き、白や赤のツツジが咲き始めている。

この爛漫の春の中を、休むことなくせっせと縦横に歩き廻る蟻たち。

ごく小さな生きものたちの小さな営み……いとおしい。

今、目の前の蟻たちに目を注いでいる……この私の身なりは、黒い帽子に服、買い物の品を詰めた黒いリュックを背負った姿。

これを少し上空から見たら、きっと蟻んこのように見えるだろう。

以前、東京タワーの展望台から下を眺めたとき、路上を流れる車はちっちゃな玩具のように、人は米粒のように見えた。

たかだか二百五十メートルの上であれだもの。

大宇宙からしたら、我われ人間も動物も、草木も虫もみんな、いっしょだ。

この地球号という宇宙船に、今、たまたま乗り合わせたそれぞれが……

この宇宙の中で、今を共に生きる一員なのだ。

わが住処はエコミュージアムの中

あるとき、路を歩いていて、ふと「エコミュージアム」というフレーズが頭の中に浮かんだ。

エコミュージアム（自然の博物館）―その地域の歴史や文化、人々の生活が織りなす空間……。

自然と人間とがコラボして形成されている町、今まさに、わたしが立つ場所。

その意識をもって辺りを見回してみるとき……

見慣れた町の風景は、微妙に変化して私の目に映る。

町の一日……その移ろいゆく様《さま》に目を向ける……

朝日に目覚める町、活気づく昼の街の様相、夕日に浮かぶ町の佇まい……

その中に立つと……なにがなし粛然としたものを覚える。


道路、建物、他、全ての建造物の元は、木や鉄、コンクリート、ガラス、その他諸々の……。

更にその元は……みんな地上から産生された物、つまりは宇宙からの贈り物。

それらが全て、営々と人間の手によって造り上げられてきた。

町には様々な建造物と、そこここに配された植物とが共存する。
町なかの公園や、歩道脇には、きれいに手入れされた大小の樹木、生垣が並び、四季折々に
梅や桜、つつじ、椿、金木犀が香りを添えて私達を楽しませてくれる。
少し足を伸ばせば、そこ此処に、ほんの小さな林に出会える。まるで取り残されたようなそ

こは、僅かに昔日の武蔵野原生林の面影を秘めている。

四季の移ろいと共に、街の姿もまた、刻々と変化している。

大自然と人と、それに、大いなる存在（神）とが共生する処、エコミュージュアム。この中に私達は住んでいる。

言葉

言《こと》の葉……と言えば何となく風雅なイメージ。

古《いにしえ》の宮人たちのみやびな物言い……。

流れるような筆致で和歌をしたためる万葉人《まんようびと》の姿が浮かぶ。

いかに美しく表現し、いかに美しい風景を、相聞を、和歌に込められるか。

言葉磨きに（政治よりも）精をだしていた人々……。

でも、そのお陰で、この国に情趣あふれる文学をもたらした。

その詩情的文化は、脈々とわが民族性に投影されてきたように思う。


言霊……言葉には魂が宿ると言う。

言葉は発言されるそれより、多く身内にひしめいている。

外部からの言葉、自らが生み出す言葉（思い）……。

私の心の門番は、それらの言葉仕分けをし、次へ送り込む。

ネガティブ……ポジティブ……。

何故か、入《い》れたくはないネガティブのほうが入《はい》り易いからだ。

プラス思考の方を、次なる潜在意識に定着させるには（意識をもって繰り返す）という、ある程度の根気がいる。

潜在意識は、人の生命維持・人間形成に重要な役割を担っているという。

人柄（人となり）も、その元はといえば、全て言葉（念い）の力に由る。

其々の人が時をかけ、刷り込ませてきた膨大な数の言葉（思考）たちは……。

その人なりの潜在意識を構築して、その人の身体・行為を支配している。

幼小時から、愛ある言葉の環境に育ち、それを自分でしっかりと受け継いで、例え、途中で躓《つまず》いても、それを肥《こ》やしに自分を耕していける人になるかどうか……。

さて、老境に入った時、人によって、その人間性にも大きな開きが出てくる。

年取ると共に、落ちついてきて理知的になっていく人。中には、すぐキレる暴走老人的になる人もいる。

その人の積み上げていく、もしくは、積み上げてきた言葉（念）による処がよってもって大きい。

先人は、言の葉……という、古の文学の香りもするソフトな言葉と、言霊……という、ちょっと重い、怖いイメージのする言葉を遺した。

そんな言葉の中で、私たちは暮らしている。

いと楽しきは言葉……（言葉は、人をつなげ、ものを創出し、人を楽しませる……）

あな怖ろしきは言葉……（一つの言葉は、魂を持った分身となって歩きだす……）

温かい言葉は人を包む。言葉に含まれたトゲは容赦なく人を刺す。

孤独《ぼっち》を楽しむ

私は孤独感《ぼっちかん》が好きです。

それは、昔からで……

子供時代、学校時代、社会に出てからも、実に多くの人と交わり楽しく過ごしてきたが、そんな中にあっても、独り時間をこよなく愛した。

独りのほうが没頭できる読書や書きものであったり、独りで何かをする事を好んだ。

本好きは、母の影響が多分にある。子供の頃、自身も読書好きな母は、乏しい財布の中から少女向けの本をよく買ってくれた。街に出ると必ず本屋に立ち寄った。吉屋信子の本を手にして見ていた母の横顔は今でも記憶の底にある。


人嫌いではないので、たまーに訪ねて来た友と、どうでも良い話をして笑いこけたり、外に出た時、見知らぬ人と短い会話を交わすのは面白い。（外出自粛前は、週に五回ほどは外に出ていた）スーパーにはよく行く。お馴染みさんと逢えば挨拶するほど。で、買ってきた食材は、その日のうちに下拵えとかをしたり常備菜も作るので、それに結構、時間を割く。

さて、一段落すると、リラックスタイム。

ゆったりと流れるひとり時間は楽しい。

吉田兼好は『徒然草』の中で「つれづれわぶる人は、いかなき心ならん、まぎるるかたなく、ただ一人あるのみこそよけれ」と記している（独りを侘しいという人の気持ちは分からない。時には他人を交えないで独りでいるのは素晴らしい）。

また「人は、世の中の塵に惑わされ易い。外としばし離れて、身を閑かに心を穏やかにして暫くは、限られた生を楽しむ」

この兼好の哲学、あの頃の文人達の簡素な生活の中での高い志……その潔さに魅かれながら、七、八百年前とは比ぶべくもない利便性に富んだ今の時代を、私はちゃっかりと生きている。

炊事が一段落して、ソファに腰をおろした私は、さて、とタブレット端末を開く。

先ず、今日のニュースをざっと読む。私は、テレビもほんの少ししか観ないし、ニュース系もあまり観ていない。国会中継とかはよく観るが。時事問題・ニュースの解説など、ネットで信用できる専門家のものを時々聴く。他には、自分の知りたい事を検索したり、何か選んで見るぐらいで、音楽とか映画、朗読などの娯楽系のものをおもに楽しむ。

読書は好きで毎日のように本を読むが、近頃では、目が疲れるので、かなり減ってきている。朗読とかもよく聴く。プロの朗読による名作は味わい深い。

私は、古い歌や落語なども好んで視聴するが、昔のそれらの音声や映像が、現在のデジタル技術のお陰で、ノイズも入らずきれいなまま視聴する事が出来る。投稿してくれる人もいて、数十年、いや百年もの時を越えての……古き時代の叙情と、現代技術の融合……今、これを享受できることの有難さをしみじみと感じるのである。

〈人間〉という字の如く、人は多くの人との間で生きている。

決して独りではない。相互扶助の世界である。

さて、今〈孤独〉というものによる弊害が世界的に取りざたされているという。

わが国も、この問題を深刻に受けとめて「孤立孤独対策担当室」なるものを設置した。

あるテレビ番組の中で、孤独は血管系の病気や認知症の引き金にもなると云っていた。警鐘の意味を込めて繰り返し述べていた。孤立や孤独感をかこつ人の状況は、深刻な場合もあるという事を知った。

私自身は、孤独に対して、さほどマイナスのイメージを持っていなかったので、ちょっと考えさせられた。

人はその生涯において孤独にならざるを得ない時がある。メンタリティが問われる。

普段、あまりにも「孤独は悪《あ》しきもの」としていると、いざその時、寂しさ辛さは、なおいっそう増すのではないか?

孤独を寂しく辛いもの、とするか……独りを楽しい、と思うかは人による。本人の心が決定する。

私は、たまに会う親しい人は懐かしく思う。あとは、長いひとり時間を楽しむ。

外出自粛要請になる前の一日、四世代の身内が集まってお店で会食をした。年にほんの何回かの、たまに逢うこの集まりはとても楽しい。

地方に住む姉は、私と違い、とても外向的で、多くの仲間と一緒なのが好きで、以前は、みんなと色んな事をして過ごす様子を、それは楽しそうに語ってくれた。その姉は、昨年の秋に倒れて今施設に居る。送られてきた写真を見ると、お習字やぬり絵など、他の人達と共に、いい表情でやっている。

「みんなちがって、みんないい」と金子みすゞは（わたしと小鳥とすずと）の中で詠んでいる。私はこの言葉が好きだ。

私のように、孤独をエンジョイしている人間もいるのである。

一杯のコーヒーに、路傍に咲く花にも、幸せを感じる質なので……。

でも、孤独が辛く悩む人がいるのも確かだ。以前、私が逢った人は、老人ホームの中で、夕食時になると悲しくてたまらなくなるのだと言う。かつての家族団欒の様が思い出されると言う。予想し得なかった孤独感にさいなまれる。

高齢になるほど、急な環境の変化には弱くなるのだ。

そして、集団の中での辛い孤独感は一層ふくらむ。

あの時、切なげな彼女の前で、私は「楽しい思い出は宝としてあなたの心にしまって、今の中で楽しいことを……」なぞと言った、自分の言葉を虚しく感じた。

たとえ、家族と共に暮らしていても、集団の中にいても、いつも自分の軸をもって、自分ならではの楽しみを見つける。そうして、家族とも他人とも、節度をもって接したい。誰かに、なにかに依存し過ぎていると、或る時、依存が叶えられない事があると、裏切られ感に見舞われる。それはストレスとなって、自らを損なう。

独り暮らしは、気楽さと寂しさが表裏をなすが、寂しさを楽しさがカバー出来ればよい。が、健康的な楽しさは自分で作り、積み上げていかねばならない。

人の寂しさに付け込む落とし穴は多い。その危うさは、内からも外からも、忍びやかにやって来る。

自分で見つけた楽しさは、その落とし穴を防ぐ役目をしてくれる。

日頃、自尊の心を持って少し目をこらせば、楽しさは案外身近にある。

だが、助けて欲しい時は、遠慮なく他に援けを求める。だからこそ、周囲や家族に過度に依存せず、普段から適度の距離を保って良好な関係を築いておいた方が良いと思っている。

スキップした

三歳ぐらいの男の子が、三輪車を懸命に漕ぎながらやって来る。

やわらかそうな髪の毛を微風になびかせながら……。

わたしは思わず「わあ、可愛いい」と笑顔を向けた。

と、後ろに続くパパさんが、すれ違いざま「サンキュウ」と、小さく言った。

「え？」と、わたしは歩を止めて振り返った。

欧米系の背の高い後姿が行く。

パパさんのボクちゃんへの愛と、わたしの「可愛ゆい」の思いとが、一点に「繋がった」と勝手に嬉しくなって、歩き出すと、わたしは二回スキップした。

存在証明

陽は、わたしの背中に光を打ちつけ、目の前の路にくっきりと、わたしの影を捺す。

今日は、四、五キロの少し重い荷を背負ってちょっと前屈み……肩のライン、まさしく九十歳のこのわたし。

影法師は、わたしの斜め前を先導して進む（少し足を上げて歩く癖に気がついた）。

タッカ、タッカ、タッカ……。

なぜか、両手を挙げて交互にヒラヒラ振りながら……こっち、こっち、というように（実像は、両腕を下げて掌だけを陽にかざして歩いている）。

影はわたしの存在証明。太陽からの。

路の傍らに立ち並ぶ大小の樹々。

足元の草花、樹や草の葉っぱたちまでも、しっかりとお日様からのお墨付きを携えて、みんなみんな、お日様の方を向いて、だまって並んでいる。

二組の芸術作品

深紅のガーベラの群れが、春の日差しを浴びて、花壇のなかで咲き誇っている。
それを描《えが》こうと、キャンバスを間に、描き手が対座する。

デッサンが始まり、たちまち葉や花の輪郭が描かれ、手際よく彩色が施されていく。
筆先は、活きた花から、キャンバスの花へと、呼吸《いき》をつなげる作業をつづける……。
ふと、描き手は筆を止める。
じっと二つの花々を見比べる。
大地に咲く花と、描かれた花と、この時点では、己れの描いた花は、ただのコピー。
真の芸術作品は、そっち、活きた花のほう。
と、描き手は自らジャッジする。
一年をかけ、丹精こめて、自分を仕上げてきたガーベラたち。
本物にはかなわないと。

描《か》き手のボルテージはあがっていく。
花の美しさは、見る人に委ねられる。
その可憐さ、ふくよかさ、又華麗さ……などなど。
今、目の前のキャンバスにある花は……すっきりとした、清楚な美しさが際立つ……。
描き手の感性を通した……。

ここに、二つの芸術作品が並ぶ。
時をかけ、懸命に己れを開花させたガーベラと、描き手の入魂の一作と。
繋がった、二つのパッション。

想い出

「辛いとき、哀しいときには、過去の楽しかった思い出を振り返ってみましょう……」

ときに、こんな類《たぐい》のフレーズを耳にし、目にするが、その度に、私の頭の中に、はてなマークが湧いてくる。

ほんとうにそうだろうか。

今、現実に抱えている辛さ、哀しさと、今、ここに無い、過ぎ去りし日の楽しかった想い出との、両者の狭間に嵌まってしまって、なおいっそう、切なくなってしまうような気がする。

その時、過ぎ去った日の楽しかった想い出とは、しばし離れよう。

むしろ、過去に大変な思いをした時、辛かった事などの「あれを乗り越えてきた」自分の姿を客観的に眺めてみる。

人間の復元力も信じてみる。

時間が癒やしてくれることもある。

楽しい想い出は、こころ穏やかな時にこそ、そっと出してみる。

私は折に触れ、今は亡き、父母や夫、兄弟、幼くして逝った我が子との……共に過ごした日の楽しかった一齣を思い出す。

すると、幽・明、境いを異にする、愛する家族たちは、私の心の中に生きているとの思いが増す……。我が命運尽きる、日まで。

小さな赤い実

四、五歳ぐらいの女の子が、落ち葉の間から、小さな赤い実をみつけて、がさごそと、小さな指先でつまみあげた。

あずき粒より小さな実。

「わ、赤い実……かわいいね」と私が声をかけると、なんと、それを私に差し出した。

「いいの？　ありがとね」というまもなく、女の子は背を向けていってしまった。

古色蒼然とした神社の境内。

先生に引率された幼稚園児の一団の中に、もう、その子は見分けられなかった。

掌に載せた一粒の赤い実を見ているうちに、私に、遥か昔の、忘れられていた記憶が甦った。

学齢前だったか？　と思う、季節も今頃。
私は、遊びから帰ってきた。
釣瓶おとしの陽は傾き、辺りに翳りをみせていた。
家には誰もいない。待つ時間は長い。
残片の記憶のなかで、落ち葉ふる庭の中に、ぽつねんと佇つ、幼い私がいる。
そのうち、落ち葉の間に赤い実をみつけて拾い始めた。
幾つか溜った掌の上の赤い実を見ているうち、その上に涙がポトリと落ちた。
そのポトリが誘い水になって、私はしゃくり上げた。
後の場面は後年、母から聞いたものだ。

その母の中継もあって、今日、女の子からプレゼントされた一粒の赤い実が、眠っていた記憶を、はからずも呼び起してくれた。

あの木枯し吹く遠い日の場面と共に……。

小さな胸の内の寂寥感までを……。

星空を見たい

東京の夜空には　星がない。
その上《かみ》の、古里で見たあのきらめく星たちに、もういっぺん逢ってみたい。
なんべんもそう思ってきた。

いい想い出は、想い出すたびに、更に美しく、再生されるものだと言うから、もしかしたら、
今の私の頭の中の星は、原型のそれよりも、美しいのかも知れない。

戦時下の少女時代。
地上は、ほぼ闇に閉ざされていた。
空の月と星だけが、光芒を放っていた。

空襲で家が焼かれ、庭の隅に据えられたドラム缶風呂に、星空を眺めながら入浴した。もう敵機に襲われることのない、夜の空の星のまたたきが、なんとも美しく、十四歳の胸に沁みた。

あの星ふる夜の想い出が、星への憧れを呼び起す。

地方に行く人に「星を見てきて」と、お土産をねだるようにたのんだり、田舎の姉に「ねえ、星、みえる」と訊いても、「ええ、星？　夜空なんか、見ないさあ」でおわり。

で、未だに、星の便りは、何処からも入ってこない。

プラネタリウム　にて

（新型コロナ騒動の前）

室内の灯りが絞られていき、夕暮れ色になると、円形の空のあちこちから星たちが姿を現す……七、八、九……。

二月の星座……寒さまで伝わってくる。

西の空に、ひときわ輝いているのが、火星。

わが家族は、中央寄りの席から、倅、五歳の曾孫《ひまご》、倅の嫁、私、それぞれが、座席を傾けて空を仰いでいる。

突然、脇の方から、「あのホシです」とかわいい声がする。

見ると、小さな指が一つの星を指している。

わが曾孫が、プラネタリウムのおねえさんにマイクを向けられ、問いに答えていたのだった。

「今、五歳の女の子が、一番気になる星を指してくれました。火星です」

火星は惑星で……おねえさんの説明はつづく……。

あれが「オリオン座」「双子座」「おうし座」「おとめ座」「カシオペア座」……。

……もう数えきれないくらい……。

点と点を線で結び、色んな形となって名前が付けられ、物語が紡ぎだされていく。

大小の星たちが広がる夜空は、正にファンタジーの世界だ。

そんな中、なんと私は「あ、これ静止画像だ」と思わず呟いてしまった。

思い出は、処かまわず出てきてしまう。

その上《かみ》の古里の満天の星空……

星たちはあちこちでまたたいている。

正に活きた星空であった。

（プラネタリウムさん、ごめんなさい）

これは、私の幻想かもしれません。長い間に醸成された……。


昔は地上が暗かったので、月や星の存在感は大きかった。

人々は、月光や星明りを頼り、月や星への思い入れも一入《ひとしお》だったから。

今、地方では知らず、私の住む辺りでは地上の灯りにかき消され星が見えない。

今日、四十五分間、プラネタリウムの星を眺め、物語を聴いて、しばし郷愁に浸ることが出来て、楽しいひとときであった。

次は、夏のバージョンが見たい。

「夏の星座って、どんなだったっけ」

又ここで、往《い》にし古里が飛び出してくる。

今、五歳の曾孫が、いつの日か、ひい婆ちゃんたちと、あそこの星を見た。

そして、大きく光る火星を見つけた、この日を思い出してくれるだろうか。

懐メロ　から

『美しき天然』という、一九〇二年に作られた曲を聴いた。

途端に私の頭の中は、八十年の昔にタイムスリップしてしまった。


一年に一度、町にやってくる木下大サーカス。その小屋の前……。

喧騒の中に、「美しき天然」の曲が流れていた。

クラリネットの奏でる、哀愁を帯びたメロディー。

私が初めてサーカスにきたのは、父が、小学生の姉と兄、就学前の私の兄妹三人を連れて来てくれた日で、末っ子の私の手は、いつも父の手につながれていた。

この光景はその後、幾たび繰りかえされた事だろう。

空中ブランコ、綱渡り、鉄棒、その他諸々の演《だ》しものが、曲芸師たちによってきびきびと演じられていく。

中でも、少年少女達のしなやかな美しい動きは印象に残った。その優雅さに、ただ見取れた六歳のころ。

それから、一年、二年と成長するにつれ、その技にただならぬものを感じたり、命がけでやっている、といった子供なりの感覚が重なっていったように、今、おぼろに思い出される。

戦時中は多くの歌い手さんが、ご自分の持ち歌をひっ提げて戦地慰問に行ったという。

戦場の兵士達の前で、それぞれの抒情歌を披露したという。中には、明朝出撃して行く人達の前で……。

その同じ歌を、いま私は切ない思いで聴いている。

私の好きな、昭和初期の歌い手さんは、ほとんどこの世にいないが、その歌声は今も生き生きとして響いてくる。

私は、それらの歌の中の風景と、それを聴いていた頃の自分の若かりし日の光景とがかさなって思い出され、郷愁にかられて、幾たびとなくその歌たちに逢いにいく。

習慣

人間の体細胞が日々代わるように、人格も又、年々更新されるのだという。こうして人は、日毎に新しく形成され、直されていくのだろう。

加齢の問題もあるし、持って生まれた体質的なものもあるが、普通は、良き習慣を身に着けて行《おこな》っていけば、例えば、川の流れが淀むことなく元気に流れていくように……と、おおかたは思う。

が、かつての私には、いくら健康に気をつけていても、私の川の中には枷のような物があって、水はスムーズに流れては行かない。という冷めた思いがあった。

八年前、心臓僧帽弁々膜症を告げられた。心エコー動画で、わが弁の情けない動きを突然見せられ、たいそう落ちこんだ。

医師は「これは、生活習慣病ではなく、あなたのせいではありません」と優しくしきりに言ってくれるが、病は病である。

老齢である事、軽症であるという理由で手術はせず、今に至るまで、年に一度の心エコー検査、血液検査、時々心電図で調べるとかの経過観察で、その為の治療はしていない。

だが、このままでは、確実に進みこそすれ、治ることはない。

己の健康管理のみが頼みの綱である。一時は、何か良い手立ては無いものかと探ってもみたが、結局地道に日々の習慣を見直していくしかないと悟った。魔法の杖なんてない。

私の朝は、七時前後の自然の目醒めからスローに始動していく。

先ず長息をする。ベットの上でやる。腹部を膨らませて息を吸い、長くゆっくりと吐きながら腹をすぼめて息を吐ききる。それを数回ほど。

このあと、しばらく寝たまんま、もそもそ体を動かす。

先ず、体をエビのように、曲げたり反らしたり捩ったりする。それを手足にも連動させてのろのろと暫くやったら、腹ばいになって、両肘をついて頭を少しもたげる。その格好で六十回数えたらゆっくりと起きあがる。

朝の仕事は、掃除洗濯。そのあと、お仏壇とミニ神棚にお水を供え、掌を合わせて、朝の挨拶をする。

次いで窓から外を眺める。三階から地上に数十本立ち並ぶ低木の常緑樹を見て、その微妙に色合いの違う緑の葉っぱにしばらく目を注ぎ……顔を上げて大空の気を戴く……。

ここでも祈りと感謝は対《つい》でやってくる。

日々の習いでやっていると、あるとき、「あ、神道と仏教だ……」と背後で、いつの間にか来ていた息子が言った。

「それから……八百万《やおよろず》の神」と私が応じる。

その後「おっす！」と息子にも挨拶をする。

遅い軽食を摂ってしばらくして、スーパーへ買い物に出かける。

以前の私の外出は、週のうち五日ほど、三十分から一時間あまりで、スーパーが多い。片道十分。三、四十分の買い物タイムは運動にも適しているし、買い物は楽しいから好んで通う（コロナ流行の今、スーパー行きは週に二、三回ほど）。

買物をリュックに背負っての帰り途、「帰ったら、おいしいコーヒーを飲もう」と呟くと、我が報酬脳は「うん」と頷き、力を出してくれる。

帰宅すると、汗をかく時期には、体と一緒に、着ていた下着、靴下などを手洗いしてしまう。で、スーパーから買ってきた野菜は、その日のうちに、下処理をしておく。今日も、葉物野菜は洗浄カットして冷凍庫へ。玉ねぎは皮を剥いて両方を天日干し。椎茸、茄子は適当にカットして一旦乾した。

私は、よく使う玉ねぎ、人参はスライスして常時、冷凍保存しておく。冷凍すると半分調理したようになり、食事作りの手間ひまが半減する。小松菜のようにそのまま食べられる物もあるし。なので、冷凍庫はおおいに活用する。少ない量ながら、食事は、作るのも食べるのも楽しい。


ときには、少し体調のすぐれない日もあるが、休み休みやっているうちに、体がいつもの習慣を覚えていて、いつしか平常に戻っていたりする。

日常において、こうすべし、といった縛りは、あまり入れず、抑えるべきは抑えて……。

そう、私のこれだけは、と思うものを幾つか挙げると……。

水を小まめに飲む。水出し茶も。冬は白湯を飲む（でも、飲み過ぎない）。

又、日を跨いで　十五時間ほどは食べない。

食用油には拘りがあり、使っているのは、オリーブ油とエゴマ油の適量を。消化器系も衰えてきているので、揚げ物はやめて（気がついたら数年食べていない）、油は、高温調理はなるべく少なくして、出来た料理にかけて使うようにしている。

甘味料はハチミツとオリゴ糖を。

近年、食は細くなっているが、低栄養は避けたい。で、日々の私の食べ物から削っているのが、超加工食品。たまには、和菓子や、黒飴など買ってくる。

運動は、私の場合は、ご大層に考えず、時々、軽いストレッチ、ながら運動、今は、二、三日に一度の短い外出程度。

私には、適度に体を動かしているのが一番いいような気がする。


私が大事に思っているのは、メンタルのあり様。日常を淡々と過ごしていきたいと願っている。

近頃は、気が付くとゆっくりと大きく呼吸をするように心がけている。

私は何年か前から時々、夜寝る前に、枕元に置いてあるミニノートに、今日あった、よかった事、嬉しかった事などを、三つ思い出して記している。厭な事が頭に浮かんできそうになると、その三本立て？　が、とって替わってくれる気がする。

最近のある日のをみると、一、朝、〇〇（息子）が、元気でやって来た（彼は昨日、コロナワクチンの二回目を打った）。まだ体のだるさは少し残っているようだが。二、にんじんと牛蒡の金平が美味しく出来た。三、一か月以上前に失くした傘を、今日、病院で発見。偶然目に止まったのだ。

こんな具合にごく些細なことである。他に感動した事なども書く。


人は常に、外界の情報に囲まれていて、例えば、テレビ等でくり返されるそれらに影響されやすい。

最近、街で逢った女性達が、必要以上にコロナ恐怖を語っているのを耳にした。全般の雰囲気もそう。「掛ったら厭だ」この怖れが色濃い。

それらの会話を聞いたとき、私はそっと呟く。「いえいえ、明日もまた、他にも楽しい生活だって待っているよ」と。

「家の中も、心も、少し空けるのがよろし」と、昔のある文人が言った。

そう、私も時々、目を閉じて雑念を去って深呼吸をする。そのあと、普通の呼吸に移行して暫く瞑想する。
そうしてリセットした心に　六分の楽観と四分の備えを刻む。

梅園にて

昨年の早春に、府中の、郷土の森　梅園を訪れていた。

一年に一度の梅まつり。

白梅、紅梅、しだれ咲く梅花、六十種千本余の梅たちが迎えてくれた。

花の宴《うたげ》は、いま盛りだった。

繚乱の梅花に、日のひかりは満ちていて、花々を撫ぜる微風は、辺りに梅の香をただよわせている。

傍らを小川が流れている。

大小の川底の石を透かせて……。

陽にきらめく花々、香るそよ風、さらさらと流れるせせらぎ、みんな清々として、今、この時をひたすら活きていた。

時が止まったような穏やかな日溜りの中にあって、かえって、私は流れ行く時を思い……今を懐かしんだ。

目の前に広がる……凛と咲く花々を……

しっかりと目に収めて、梅園を後にしたのだった。

今年、誰も居ない梅園の中で、あの花たちは咲き誇っているのだろうか。

蝉

部屋で本を読んでいると、蝉がすぐ近くで鳴いている。

見ると、なんと、窓の網戸にしがみついて鳴いている。こっちに白い腹を見せて。

「ミーン、ミーン、ミン、ミン、ミン……」と、リズムをとって鳴いている。

しばらくの間、蝉のワンマンショウは続く……。

そのうち、なんだかリズムが変ってきた。

「ミーン、ミーン、ミ、ミ、ミ、ミ、ミ……」

見ると、居場所も変っている。どうも違う蝉らしい。

「選手交代かあ」と思って見ている間に飛び去ってしまった。


先日、マンションの廊下で、白い腹を見せてひっくり返っている蝉を見た。

そっと体を返してあげると、なんと少し動いて飛び去っていった。

その何日か後、路上で同じように寝ていた蝉の体を、路脇に反してあげたが、もう、ビクともしなかった。ネットで調べたら、体を横たえた状態になっている蝉は、生きていても弱っていて、命の尽きるのは間近い、とあった。


地中に七年間を過ごし、地上に出て一週間を謳歌して、尽きる命。

今夏、猛暑とコロナショックの只中、

「この夏、早くパーっと通り過ぎていってくれないかしら」

街中を通行人が大声で話しながら行く。

蝉には聴かせたくない。


翌日、近くの公園へ行くと、大きな樹の繁みの中で、蝉たちの合唱が鳴り響いていた。

芭蕉翁は
「閑かさや　岩にしみいる　蝉の声」

と詠んだ。

この時、蝉の声は、私の胸にしみ入っていった。

雀の雨宿り

ある日の昼さがり、俄か雨が降り出した中、一羽のスズメが、我が家のベランダへ雨宿りにやってきた。

フェンスの上に止った雀は、体をブルブルと左右に半回転させたり、羽をバタバタさせせて、体の雫を盛大に飛ばしている。

いっときも動きを止めない、その忙《せわ》しなさ……。

雨は風に乗ってやってきたり、去っていったり……。

その度にスズメは、フェンスから、少し奥まった物乾し竿へと、避難の移動をくり返す。まるで、ピンポン玉のようだ。


其のうち、窓の網戸の内側に居る私をチラッと見たような……。

ほんの一秒にも満たない……が、確かに目が合った。

その後、暫く居たところをみると、この至近距離にいる私に警戒心をもたなかったようだ。

ということは、あの時、瞬時に見せた雀のチッコイ目は何を感じ取ったのだろう。

「あの網戸の中の奴、飼われているのかな」とでも？

そのうち、雨が上がり、彼は曇天の中へ飛び去っていった。

その小さな後ろ姿は、

「ボクは、あの広ーい空へ翔んでいくのさ、さいなら……」

とでも言っているようだ。

虫の声

何処かで秋の虫が鳴いている。

「コロ、ロ、ロ、ロ、ロ」「リーン、リ、リ、リ、リーン」

こおろぎか、鈴虫か、草の蔭で鈴をころがすような音色を出しているのは……。

と、それに呼応して、他の虫たちが一斉にすだき始める。

草の葉蔭で奏でる虫たちの、混声合唱団？

窓からの秋の涼風を受けながら、しばし耳を傾ける。

秋の虫たちの、この澄んだ可憐な音色《ねいろ》には、世界の人、誰もが魅了され、風雅さを感じるものと思っていたが、どうも虫の声を虫の声として聴いているのは、日本人とポリネシア人だけらしい。

他の国の人には、雑音としか聴こえないようだ。

なんでも、日本人には人の声と同じ声として聴こえるのだという。

そう思うと、楽しい興味がわいてくる。

虫の声だけでなく、日本人は、鳥の声、小川のせせらぎ、風に鳴る木の葉の葉擦れの音など、全て言語脳で聴くのだそうだ。

我々は、生きとし生けるものに耳を傾ける感性をもっている。

そこには、古代から育まれて来た、我が国特有の詩情的文化がある。

和歌などの詩歌から始まる……その世界観が、よってもって大きいと思う。

昔から歌い継がれてきた童謡や唱歌、抒情歌にも、虫の声や小動物の声、また里山の風景など、沢山盛り込まれている。

そんな中で、私達は育ってきた。

日本語では、どんなものでも主語になり得る。

例えば、虫や小鳥などの小動物、木や山、川　などなど……。

ここに自然と我々との関わりかたが見えてくる。

（因みに、日本人の名字の多くが、自然に因んだものになっている）

大自然の脅威に晒され、立ち向かいながらも、なお自然の恵みに感謝し、畏敬の念を持って寄り添い、自然と共に生きた我が先祖たち……。

この国の風土の中に、独自の文化を育んできた先人たちを持つ、この大和島根に生を享けた事を心から僥倖に思う。


が、懸念もある。かつての豊穣の地は今、失われつつある。

文明の進化に伴い、世界規模での汚染が進んだせいもある。


が、せめて、山紫水明を愛で、虫の声などに耳を傾ける。

この、我が民族の心だけは、後世に繋がっていって欲しいと願う。

わが転倒の顛末

私は以前から、何故か「自分は転ばない」という根拠のない自信のようなものを持っていた。

何につけても「私は大丈夫」と言う人ほど、実は危ないのだ、とよく言われる。

私もその、ご多分にもれず、という事を起してしまった。


高齢者の転倒事故はいま非常に多く、高齢救急搬送の八割を占めるとか。

それも、屋内の事故がほとんどで、寝たきりになってしまう危険もあるそうだ。

それでか、ひと頃盛んに、高齢者の家の中をバリアフリーにと、言われた。

そんな時も私は、老体といえども元気のうちは、あまり体を甘やかさないほうが良いと思っていた。

それぐらいだから、六年前、この家の購入時に、家の中の三か所ほど在る段差（十糎）をあまり気にしなかった。

この先、体の機能がもっと衰えてきたら考えればいいや、と。

その私が、散歩中、ハデに転倒した。

此処へ引っ越して来て直ぐの八十四歳のとき、路上で転倒した。

散歩の途中、狭い歩道を曲がろうとしたら、出会い頭に二頭の犬《わん》ちゃんに出っくわした。

犬たちは、路いっぱいに分かれて来た。リードを持った人は、片手で空《から》の昔風の大ぶりな乳母車を押している。私は、慌てて車道に下りて一行をやり過ごし、歩道に戻ろうとして十五糎程の段差に足をとられてしまった。

その瞬間、「あ、転ぶ」と思う間もなく、わが身は弾丸の如く激しく歩道に打ちつけられていた（反対に、車道でなくて良かったと後で思った）。実の処、昔から私は少々ワンちゃんが苦手だ（幼児体験？　とも思うが、後で記す）。

その犬を連れた人が「大丈夫ですか」と言いながら戻って来てくれた。「大丈夫です」早く行って！　と私は心の中で叫んだ。倒れたまま。すごい形相だったと思う（反省）。

その直後の我が行動は、実に不可解なものであった。

左側頭部、左顔面、左手首、掌を強かに打ってかなり痛む（内と外からの痛み）。そこから滲み出る血をハンカチやティッシュで押さえながら、なんと私は、家に引き返すことなく、そのまま多摩川の流れを見に行ったのだから。

万葉集の中の一首に、この多摩川の流れが詠まれていて、染めた反物を流れに晒している絵も天然色で載っている。染地という、今も残る地名も出ている。それを読み、千三百年前も今も同じように流れ続けている河を改めて見たい、そんな思いにかられて散歩に出たような気がする。

翌日病院で診てもらい、一か月後に頭部のCT検査を、更にその後のMRI検査でも、幸い異常ナシと出た。我が骨に感謝した。当分、各部の痛みは残ったが、あれから六年、転んではいない。

今は、家の内外を歩く時、足元に注意し、少し足を上げて歩く習慣をつけた。

犬

前項で私は、散歩中に犬と出会って咄嗟にそれを避け、そのあとハデに転んで怪我をした、その原因の一つは、ワンちゃんが少し苦手だったからと書いた。幼児体験か？　とも。

私が子供の頃は、今のような愛くるしい犬はおらず、犬をペットとして飼っている家は周りに見掛けなかった。だから、ワンちゃんを可愛がることも、触れ合うこともなかった。飼い犬は見なかったが、そのかわり、野犬はあちこちでよく見かけた。小さな子供が、野犬に追いかけられたり噛まれたりした話もちょくちょく聞いていた。だから、犬は怖かった。

小学校の低学年の頃、兄と土手を歩いていて、私は、後ろから付いて来る野犬に怯えて逃げようとして、土手から足を踏み外し、土手の草叢の斜面をコロコロと転げ落ちた。下の、横に走る細い農道を突っ切って、田圃に落ちた。

水田に突っ込んだお陰で、怪我はたいしたことはなかったが、何かに当たったのか左足に怪我をして、長く包帯を巻いていたのを憶えている（左足親指の爪は、今でも二つに割れたまま生えてくる）。

土手から落ちる瞬間、私は、服を後ろから犬に噛まれてひっぱられた、と思っていた。実は、私の体を引き止めようとした兄の手だったと後でわかった。

その三歳上の兄は、無傷のまま、元の土手の場所にいたという。兄が咄嗟に小石を拾い、手に構えたのと、私が足を踏み外したのと同時だったらしい。犬はそのまま行ってしまったという。だから、あの時の野犬がトラウマになっているかはわからない。

私の臆病でせっかちの性分は、子供の頃からのものであるらしい。

あの時の野犬は、私に何もしてなく、私の一人相撲という、わが幼き日のお粗末な笑えないお話だが、あれはマジ怖い体験だった。

犬は、人間の持ち得ない特殊能力を駆使して、現在、人間社会に貢献している。

以前、街なかで見た盲導犬は、ご主人さまを実に忠実に誘導しているのを見た。

又、災害時には、散乱する瓦礫の中で、その嗅覚を生かして八面六臂の活躍をする様を映像で見て、凄いとおもった。

空港の税関では、色んな違法物質の匂いを嗅ぎ分けるため、懸命に集中して、その役目を果たそうと動き回っている姿にも感動した。

又、セラピー犬として、病院や様々な施設で、人と触れ合い、その心や体の安らぎ、癒やしのために働いている。

多くの犬は、ペットとして一般家庭に入り、生活を共にして家族に潤いを齎している。

以前、映像で見た、放牧の大群を小さな体で見事に捌いている犬の雄姿には見惚れたほどだ。

以上のような犬の活躍ぶりなんて、子供の頃には聞く事もなく、全く知らなかった。

あの活躍する犬たちも、人間の指導によって　その特殊能力を活かしているのだ。

私が子供のころ会ったあの野犬たちだって、ちゃんと管理され、育てられていれば……。

でも、私が犬が苦手なのは、犬との出会いの時が悪かったなんて時代のせいに出来ない。

なぜならば、私と同じような年代の友達や兄姉の中でも、大人になって普通に犬を飼っていた人もいたから。

以前、友からの年賀状の中に、大型犬と仲良さそうにツーショット？　で写した写真が載っていた。

犬がからんだ子供の頃の転落事故も、八十四歳の時の転倒事故も、どっちも根っ子の処で似かよっている。

今では、路で普通に小さな犬《わん》ちゃんに出逢うと可愛いなとおもう。

先日は、小さな赤い編み上げ靴をはいた犬《わん》ちゃんに逢って、いつまでも立ち止まって見取れていたほど。

老、老、助け合う

秋の昼下がり、駅前のバス停のベンチに掛けていると、隣へ、覚束ない足取りの老女が来て掛けた。もうひとりの腰の少し曲がった老女が連れてきて掛けさせたのだ。

連れてきた方が、腰掛けているほうに、盛んに何か言っている。

「躓《つまず》くんじゃないよ、ゆっくりでいいんだからね、お水、ちゃんと呑みなさいよ、分かったぁ？……」

座ったほうの肩に手を置き、優しげにいいながら、自分のポケットから飴を取り出して、二つ三つ手渡すと、さっさと背を向けて行ってしまった。

訊くと、全然知らない人だと言う。

これを、親切と見るか、少々のお節介とするか……、私の中で少しゆらぐ……。

歩きにくい人に手を貸す、これは、まぎれもなく親切な行為だが……。

暫くして「ああ、やっぱり、あれって美しい行為なんだ」と思った。

その前に、私は隣に座る彼女の言葉を聴いている。

「ずーっと向こうから連れてきてくれたの。そしてお水も飲ませてくれたの、親切の人だったよう」

ありがたい、ありがたいと、しきりに言う。

バスに乗り込むとき、私は彼女の手荷物を持った。

さっきの人に感化されたようだ。

いつもの私なら多分、お節介の部類に入れたであろう事を。

優先席に並んで掛けると、すこし話をした。

歳は私と同じぐらいで、やはり独り暮らしだと言う。

「家にじっとしていると、楽じゃけん、それじゃ動けんようになってまうから」

たまに、こうして出てくるのだ、と言った。

「そうですよね、私も……」と相槌をうった。

彼女は「知らない人と逢って親切されたり、話が出来てよかった」と笑う。

私は、彼女と話しながら、一期一会という言葉をおもった。

老いの日は足早だ。さっさと日捲《ひめく》られて行ってしまう。

しかも、体力は日々衰えてゆき、時に辛く、心もなえる。

でも、ご同輩よ。くじけないで。生ある限り、ゆっくりと歩んでいこう。

（これは昨秋の記で、今年八月某日、久し振りにバス停のベンチに座ったが、並みいる誰もが、無言の行であった）

老い

初めは、忍びやかにじわりじわりと進んでいた老いは、時に、ガタン！　と一歩前進、なんて事もする。

つい一、二年前を振り返ってみると、その時は出来ていた事が、今は難しくなっていたり、出来なくなっていると自覚するときがある。

体調の波があるので、体と相談しながら、外出とか何なりをやっているこの頃である。

私は七十八歳で仕事をリタイアして、その後のやりたい事は前々から頭に描いていた。もっと本を読む・書く・パソコンを習う。私に出来るボランティアは無いか。

後日談だが、雑巾作りは如何かと役所で言われ、手先が不器用な私には不向きなので断った。

又、これまで行けなかった、都内のあちこちに出掛けてみたいと思っていた。

初めに転居をした三鷹市で、折よく市主催の無料パソコン教室をやっていて、そこでパソコンの基礎を習い、その後は別の教室に通った。予定通り小説や詩なども幾つか書いた。先ずノートに書き、パソコンで仕上げる？（アナグロ人間は、ＯＡ機器にはめっぽう弱く、なかなか慣れない）本もあれこれ読んだ。

又「メンタルケアカウンセラー」の資格に挑んで、なんとか（Ｓ・Ｑ・Ｋ財団）の認定を物した。

一方、月に二、三度のペースで、都内の名所・神社・仏閣など結構な数を廻った。おにぎりと水を携えて、地図を見ながらの一日掛りの、ひとりミニ旅である。時には鎌倉・江ノ島・柴又などへも、何度か足を伸ばしている。

六年後の再びの転居で今の所へ来てからは、引っ越しのごたごたもあって、ミニ旅からは次第に遠のいた。気が付いたら、あの気力と体力は減少していた。それでも、たまに浅草や巣鴨などには行っていたが、そのうち、行かなくなった。

三年前の日記を読むと、井の頭公園とか植物園、市内の寺や神社などへは屡々行っているが、それも次第に近場に絞られていって、今、歩いて行くのは、近くのスーパーか、少し離れた店、郵便局、神社に行くとか、たまにバスで図書館に行くのがせいぜい。それでもそのあと疲れるし　足も重くなるが、それでも気が向くとテクテク歩いてはいる。

年に一度、倅に連れられて、ツアーのバス旅行に行っていたが、近年は、これが最後かな、と思いながら出掛けて行く。

この、今から一昔《ひと》前後の数年間の記録や、当時やっていたブログの写しなどを見ると、その頃の、勢力的だった自分の行動に驚くのである。


老い、これはどう抗《あらが》ってみても、遅かれ、早かれ進んで行くと認めざるを得ない。あまりに、アンチエイジングに囚われていると、老いを敵に回す事となり、この先ストップとされかねない。

老いとは、上手く折り合いをつけて共に歩んで行くしかないと、身をもって味わった。

衰え、失われていくものを嘆くより、残されたものを活かす手立てをしたい、とは思うが、年々、体の機能は衰えていくし、色んな不具合も生じてくる。

老いは、自分にとって日々が人生初体験で、殊に様々な喪失感が、先行きの不安につながる。「こんな筈じゃあ?」という思いにもなる。

ここで少し視点を替えて、ちょっと開きなおってみる。不安をいつまでも曳きずらないためにも。

生きていれば、不安や落ち込みは多かれ少なかれ人に付いて回る。でも、それらは心の持ちようによっては人を成長させる側面もあると思う。備えようと思うし、学習もし、又、経験知も生まれ、それに人の痛みも分かる。体験的にそう思う。

これまでの長い来し方には、不安な事やストレスも数多く味わってきた。が、それらをクリアしながらやってきた。

だって一つの事を曳きずっている時間なんて、私には許されなかったから、都度、切り替えを余儀なくされ、術を身につけて、それらが肥やしになり、やってこられたのだと思う。あの頃の、諸々を切り捨ててきた気持ちだけは覚えていたい。

高齢で暇もあり衰えゆく中で、誰しも不安を抱えてしまうのか、先日、駅前のバス亭で、こんな会話が耳に入ってきた。

「……歳はとりたくないわねぇ……」

「早く　お迎えがこないかなぁと思って　でもこればっかりはねぇ……」

チラっと見ると、二人の老齢の女性は笑い合っているので　少しほっとした。

深刻な感じは無く、挨拶がわりに、老いを共有し合っているかにみえた。

この二人、此処までバスに乗って来られたのだから、その元気さがあればいい。体の具合が悪かったら来られないし、「早くお迎えが……」なんて言わない。死はまだ若干、離れた存在なのかも。

でも、言葉はころがさないほうがいい。グチを繰り返している中に、自らの言葉の中に嵌まっていってしまって、もっと酷いことになった、なんて人もいた。


過去・未来の、今ここに無いものに、又、どうにもならない事に拘ってくよくよするのは、精神の無駄遣いで、いずれ、この代償は高くつく事になる、と時々自分に言い聞かせている。生活が投げやりになったら、老いは加速する。

最近、セルフネグレクトという言葉を聞いた（自分の世話を放棄する）。テレビの画面には、ゴミに埋もれた中での生活の様子が容赦なく映し出されていた。中には、若、壮年層もいた。

始まりは、何かのきっかけからと言うが……。

その対極にあるような言葉に、セルフコンパッションというのがある。一言でいうと、自分への他人への思いやり、やさしい励まし。

でも、老いてだんだん体が辛んどくなってくると、どうしても前者の方に傾いてゆきがちになりそうで、心配にもなる。

私は時々、自分に「お世話さま」なんぞと言っている。日に日に自身の世話も大儀になっているので、ちょっぴり自分を労《ねぎら》いながら、自分の出来る範囲で、今日という日を丁寧に、明日を楽しみに暮らして行きたいと思う。

日々を楽しくというが、それは身の回りにある些細なものだが、こちらから近寄っていき、その気にならなければ、手には出来ない。

幸せって、自分の心が感じ取りに行くものだから……。

路傍に咲く花に心を向けるとき、そこに可憐な花がある……。でなければ……、ただの往きずりの物である。

老いて良いこともある。

僅かながら持っていた私の、劣等・優越意識、承認の希求、といったものは、いつの間にか無くなっていた（若い頃は、それらが自らを縛り、時に苦しめる）。

ほんとは、はなからそんなシャラクサイものは無いほうが良いのだが。

又、世間との柵みも減り、老いを口実に不義理もできる。

なんと言っても、隠居の身は自由でいい。らくちんである。

が、自由とは「自らに由る」と書くように、先ず自分を頼み、他に過度の依存心を向けないようにする。自分の思うようにならないと、つい相手のせいにする気が起きる。出来ない事を人に助けて貰うためにも、なるべく出来る事は自分でする。


私はたぶん、生きる意味をもってここまで来た。自分ではそんな意識はなく、少し先だけを見て懸命にやってきたように思う。自分の生きようとする力、他の多くの扶けを享けて生かされてきたわけで……。

それに、運命というものの流れにも乗ってきたのだろう。とすれば、この先も、いつ何が起きるかは分からない。

で、成す事を成して（ここからは、神の領域）成り行きに任せる。

言いわけ

お金を引き出そうと、郵便局のＡＴＭで、一連の手順をふんでやったが、一回目失敗、二回目失敗……なんと、三回目も……。

ここで、やっと気がつく。暗証番号の末尾、一桁が一番違いであったことを。

三回でロックされてしまう事も知らずに、その後も何回かやり続け……「拒否」がつづく……。

其処へ郵便局の人が飛んで来て、ロック解除の手続きを、色々やってくれたが、駄目だった。

その日は、通帳も持っておらず、すごすご郵便局を出た。

帰りの道々考えた。そして反省した。

私は常日頃、自分に幾つかの戒めを課している。

その中には、あまり頑固にならずに柔軟に考える。同じ話をくり返して言わない。言い訳をしない。などなど……。

ところが、私は今さっき、郵便局でそれら全てをやってしまった。

ＡＴＭの機械にダメ出しされているのに、己を信じ？　後ろに誰も並んでいないのをいい事にして、やり続けた。

優しそうな郵便局のお兄さんを相手に「このところ、郵便局の近くに住む息子に、お金、下ろしてきてもらってるものだから、ちょっと忘れちゃって……最後の桁一つを……云々かんぬん……」


恥ずかしいなア。

「でも言っちゃった事は取り消せないしねえ……」

生垣の椿の花に話しかけてみても、花は「そんなの知らん」って感じだし……。

普段、自分ではしっかりしているつもりでも、ついひょっこり、老いは、思わぬところで顔を覗かせるものです。

老いって……あれ？　これも、言い訳か……。

わが生活の中のチャンポン

私は、時たま自分の行動を客観的にみる、ちょっとした癖がある。食事をしてる処とか、路を歩いている自分とか。それをまとめて一日を俯瞰的に見たら、色んな面で随分ゴチャゴチャ混ぜくったような生活をしていることに気づいた。

家の中では、実に静と動を繰りかえしている。歳と共に体力も落ちてきてるので、家事も休みやすみ小間切れになっていて、その間に、好きな映画をビデオで観たり、本を読み、何かを書き、ネットを観るなどで、頻繁に、家の中のあっちこっちへいく。

読書をしていて、三、四十分もすると、立ち上ってキッチンへ行き「何かご用は、ござんせんかね」などと用を探している。不思議にする事があって、それをし、再び本の続きにすーっと入っていけるのは、習い性になっているからか。

近頃では、わざと少し後にやる事をとって置いたりする。

ながら仕事も多い。今日も、煮物の鍋を火にかけて、さっき迄の映画の続きを見ようと、パチっとつけたら、画面の中にも鍋が映っていて煮物をしている。ドラマ『深夜食堂』鍋の中をかき混ぜているのはマスター演じる小林薫さん。

私の眼と体は、自分の鍋とドラマとキッチンタイマーとの間を往復する。

この、生活の中のリアルとバーチャルとをかき混ぜたような私の日常。

その片棒を担いでいるのがタブレット端末。我が情報の打出の小槌みたいだが（情報は玉石混交である事も知った）、このタブレットは家の中で、あちこちに移動する。寝室のベッド脇に居たり、キッチンのカウンターに置かれていたり、ある時は浴室の外に控えて、なにやら優しげなメロディーを流したりしている。


昔から私は、多動性の処と　何かに没頭する処とがある。動いている時は、時計を見られるが、何かに夢中になると時を忘れる。で、読書の時は三十頁ほど先の本の間にシオリを挟んでおくとかする。それで先程の行動となる。

一、食べ物

私の作る料理の多くには名前が無い。一応、○○風と名付けてはいる。酢豚風、万能カレーなどと。

相性のよい食材を少しずつ色々、好みにアレンジして作る。主食は夕食のみで量は少なめ。朝の食事は、たいてい一杯の味噌汁と手作りの麹あん。

味噌汁は、およそ十種ほどの動・植物、きのこ、海藻などの具菜を入れた多彩なものになる。その日によって、少しバリエーションをつける。

食後は乳飲料を飲む（ヤクルト一〇〇〇）。

私の好物の一つに、ヨーグルト入り納豆がある（この手作りのヨーグルトは、出来上ったら蜂蜜を混ぜ、小分けして冷凍しておく）。このヨーグルト納豆の中に、冷凍した有機バナナ（解凍）・レーズンの酢漬けとその酢・シナモン・エゴマ油・ケール粉末、と色々入れるが、それぞれを適量にすることで、まったりとして美味しくなる。総量も一六〇グラムほどで丁度よく、これは、夕食の仲間に入れて食事の後のほうで食べている（冷凍バナナは、水をかけると、サランラップのような薄皮が簡単に剥ける）。

私は、食品の組合わせや、栄養素の適量は少し気にかけていて、ある時、Nテレビの番組で、「高齢者は、低栄養を防ぐためにもっと肉を沢山食べなさい」と言うので、早速番組へ「腎臓や肝臓に負担にならない適量は？」と手紙で問うた処、丁寧なお返事を頂き、私に合った一日分の魚・肉の適量を教えて下さった。

最後に番組の先生からの伝言で、あまり深く考えないで、かの十品目を目指して食事を楽しんで下さい。足腰のしっかりとした生活が続くことを願います、というふうの事が述べられてあった。

それが励みになって、益々多品目を少しずつ適量に使った、我流の簡単新作料理にいそしむ。相性の良い食材たちは、それぞれが響き合って美味しくなる、と思っている。

歳と共に食事量は減っている中で、工夫していく中にそういう事になった。

二、日本語

私はある時、文章を書いていて思った。日本語って実にチャンポンで構成されているなあと。漢字、ひらがな、カタカナ。それと昨今、日本語化された外来語が随分と増えてきている。でも、それらも言葉によっては、よりニュアンスが伝わり、その響きは、象形文字の日本語によく合う。

ひらがなと漢字との和漢混淆文は、吉田兼好の『徒然草』辺りからとされる。もし、男文字と言われた漢字のみ、女文字と言われたひらがなのみの文章だったら、読みづらいと思う。

しなやかな感じのひらがな、すこし重みのある漢字、シンプルなカタカナ、この混ざり具合がいい。

それに漢字は、同音異義語が一単語で識別出来る。

又、日本の子供達の読解力の水準は高いという。漢字は覚えるのは難しいが、象形文字なのもいいのかな、とも思う。

唯、日本の文字の数が凄く多いことが難、という人もいる。それでも私は、（世界に冠たる日本語よ！）……と、ひそかに胸をはる。

と言っても、私は、他の国の言語を知らないが。

三、着るもの
私は、このところ、自分の身に着けるものを買ったことが無い。

もう服など要らないし、と思っていたら、或るとき歩いていて気がついた。

今、自分が身に着けている帽子、服、下着、靴にいたるまで、みんな娘と嫁が買って贈ってくれた物だと。

だから私は　娘と嫁を着て歩いているようなもので……。そう思ったら、思わず「ありがとね」と言っていた。

昔、子供達が小・中学生の頃、学校の授業参観日とかには、私はよく着物を着て行った。洋服は買い替えるのにお金がかかるが、着物だと、羽織とかの組み合わせを替えると長く着られる。それに着物は、よそ行きの感じがしたし。

当時の入学、卒業式の写真には、お母さん達は全員着物姿で写っている。

その頃は、外出着は着物か洋服、家では普段着、仕事着と、一日のうちで目まぐるしく着替えたものであった。今はそんな面倒い事をしなくて良いから楽だ。

四、我が九十年間の両端にあるものを……

私の原風景は、今もセピア色の中に沈んでいる。

だから、セピア色は、私には、懐かしさの代名詞。

私は、あの世界大恐慌の中に生まれて以後、十四年間、ほぼ戦時下に育った。

村の中は、何処を向いても、藁屋根の並ぶ索漠としたモノトーンの世界。

その中で、戦局は次第に熾烈さを増していき、人々の心の中もモノトーン。

今、あの頃の図と現在の繁栄の図とを並べてみると……私の頭の中は、しばしチャンポンになる。

が、今また、世界的な流行病《はやりやまい》によって、百年に一度、あるか無いかの大きな変り目に遭遇してしまった。

さて　この行く先は?……

月

今宵、令和二年十月一日は、中秋の名月です。

今、まさに、東の空から、オレンジ色の月が中天をめざして上って行こうとしています。

遠い日に、家族と共に見た、あの十五夜お月さん。

縁側の机の上には、皿に山盛りされた白い月見団子、傍らには、一升ビンに挿されたススキの穂が、ほんのり、月の光に照らし出されていました。

その周りには、父母と、姉と兄、幼い私がいました。

月をみていると、過ぎ去った日に、いっしょに眺めた親しかった人たちの事が思い出されます。様々な場面も浮かんできます。

昔、母に手をつながれて夜道を歩いていて、「おかあちゃん、お月さんも、いっしょについて、あるいてくるね」と言った、幼い日の私。

若い頃、夜学の帰り道。途中で自転車のスピードを上げる個所がありました。大きな古池の端にさしかかると、暗い池の中から複数の牛蛙の不気味な鳴き声が聞こえて来る。ふと池に目をやると、水面に映った満月が波に小刻みに震えている。

普通なら風流に感じられるその光景が、いっそうの怖さを増した夜のことを憶えています。

今、ふっと思い出される、何十年か前の、ひとつの場面があります。

夜中、幼い息子を背負って病院からの帰り途、満月が煌々と輝いていました。

すでに、一本の注射によって小康をとり戻した息子と話しながら、私は月を指して「もう、発作は起きませんようにって、あのお月さんにお祈りしようね」と言って、親子でぶつぶつ、ブツブツお祈りしました。その時が、発作が起きる最後になったかと思います。

息子は、幼児期に自家中毒の発作に時々見舞われていました。突然、ぐったりとなってしまう、それは、昼夜かまわず急にくる。それでも、成長と共に次第に間遠《まどお》くなっていき、就学してからは、もう発作はずっとなかったので油断していたら、あの夜、突然やってきました。

私は、おんぶ紐が無いので、シーツをちぎって息子を自分の背中に括りつけて、病院への二十分余りの道のりを急いだのでした。

多分、初期の頃の私の誤った食育のせいで（一人のアドバイスを鵜呑みしてしまった）、何年間かを、幼い息子に無駄な苦痛を与えてしまった、そんな苦い思いを伴って、あの夜の月は、思い出されたのです。

いま私は、中天に冴え冴え《さえざえ》と輝く月をみつめています。

今宵、この月を眺めている人々……。

かつて、この月を共に眺めた人々に思いを馳せながら……。

白い木の柱たち

私の住むマンションの前に、五軒の建売住宅の建設が始まって、土台固めが終わり、その上に白い柱がにょきにょきと組まれて、見事な白い林が出来ている。

木のいい香りが、この三階まで立ち昇ってくるようだ。


じっと眺めているうちに、その白い木は、わたしの頭の中で、緑の樹林に変貌する。

かつて、長い年月、青々と葉を繁らせ、空に向かってすっくと伸びていたであろう樹々たち。


木は、伐採されてどんな状態になっても生き続けるのだ、と息子は言う。

今、この柱になった木々たちは、何を考えているのだろうか。

お隣り同士で、古里の事でも囁きあっているのだろうか。

どうか、この木々たちに、人々に、幸あれ。

ご褒美

四歳のミミちゃんは　美味しいものを食べた時、きまって「ごほうびだね」と言うそうだ。

きっと、その前にお片づけなんかがちゃんと出来て、そのあとのおやつは、いっそう美味しいに違いない。

ミミちゃんが、おいしそうにオヤツを食べている表情が見えるようだ。


その話は、前になんとなく聞いていたのだが、

（ごほうび）

このワード、何時からか私の中にも居るようになった。

そうか、ミミちゃんの話、聴いてからか……。

私のは、自分用に少し都合よく曲げられているけど……。

コーヒーを飲もう、いや待て、これを片付けてからに……。

お風呂掃除の後で、貰い物のお菓子でお茶を飲んでひと休みしよう。
この常備菜を作り終えたら、志の輔落語を聴こう。
なんの事はない。報酬脳とやらをつき動かしてやっていたのだ。

四歳のミミちゃんから、知らぬまに影響を受けて。
しかし、彼女より、いささか動機が不純なわけで……。
ともあれ、ミミちゃんは、八十五歳下の私のせんせいだ。

「そうなんだ」

五歳のミミちゃんは「そうなんだ」という言葉をよく使うらしい。
私は感心した。
そこには、相手の言葉に耳を傾ける幼いミミちゃんの姿が浮かぶ……。
わずかの驚きと共感を伴って「そうなんだ」と、ガッテンする。

「そうなんだ」って、すばらしい魔法の言葉。
人は「そうなんだ」と言ってもらったとき、ちょっと嬉しくなる。
ママが投げかける言葉を、ミミちゃんはキャッチして、その小さな胸にしまう。
まっさらな……。
おウチでは、親子で交わす言葉のキャッチボール。
パパとも、ママとも……（この親子の濃密な時間は人生のなかで貴重）。
「そうなんだ」って聴いてもらえた時、ミミちゃんも　ちょっと嬉しい。

幼稚園という小さな社会の中では、楽しさもあり、それなりの苦労もあろう。
小さな子供と言えど、それぞれ多様な考え方、行動をする。
その中で揉まれながらミミちゃんは、いろんな「そうなんだ」を拾っていくのだろう。
「そうなんだ」を、言わしむる発信元も、うかつなことは言えない。

なにしろ相手は、なんでも吸収しちゃう脳を持っている。

人が「そうなんだ」とおもう時、必ずしも心に、耳に心地よい時ばかりではない。
そこには、若干の苦さ、悔い、といったものが混じっていたりする。

これからも、賢いミミちゃんは、どれも上手に受け止めてやっていくと思う。
「そうなんだ」を、いろんな感動する場面で……。
彼女は、いっぱい使っていくような気がする。

攻撃性

昨日、路ですれ違った犬同士が烈しく吠えあっているのを見た。小さな顔を向き合わせてキャン、キャン！と。
あんなに愛くるしい小さなワンちゃんの攻撃のパワーには少し驚く。

人間に攻撃性あり、と言うのは、アメリカの哲学者マイケル・サンデル教授。獣は勿論、人間の心の中にも攻撃性を秘めた部分は多く在るのだと言う。

だが人間は、その感情を理性でコントロール出来るし、修行によっては、それをバネにして良い方向にもっていける筈だが。

人は、逆境に遭遇したとき、その人間力が問われるのだ、と言われる。

今まさに、世界中がコロナ禍という暗雲に覆われていて、多くの人は様々な問題に悩まされている。為政者や各専門家はいうに及ばず、誰もが良き案を懸命に模索し行っているのだが……。その間にも、蔓延する病への恐怖、経済への不安はとどまる処をしらない。長引く閉塞感。方々から不満の捌け口も噴出する。

つい先ごろ、世界の目を引いたのは、アメリカで浮上したアジア系へのヘイト事件。アジア人を次々と襲い酷い暴力を振う。殺人までした一部暴徒の仕業が生々しく映像で流れてくる。目を引いたと言えば、ひところ盛んにテレビ画面に登場していた、かの国のノージャパン運動。徒党を組んでエスカレートしていく様相。他国の国旗を裂き、踏みにじるなどの激情ぶりまで露呈した。これらの映像は世界に拡散され、記憶される。こんな事をしても、自らの人格、民度を落とすのみで、何も得られない。

コロナ以前から、日々のニュースで知る、外では、国家間の様々な鬩ぎ合い、紛争もあとを絶たない。

内なるそれは、次から次へと酷たらしい事件が世間を騒がす。SNSから派生する様々な事件、争い事も増えていて問題になっている。社会の隅では、学校や職場内でのいじめの問題、また家庭内での揉め事なども多くなってきているという。

人は、集団の中の誰かを排除して団結しようとする。

あるいは、ネット上で集団化して一人を追い込んでいき、エスカレートする。

罪もない人を寄ってたかって攻撃し、他人の人生を壊そうとする。何故そこまで？

「天に唾すりゃ己にかかる」事を気付いてほしい、というような事を、ひどい被害に遭われた女性は言っておられた。本当にそう思う。

又いま、憂慮されている問題の一つに、すぐにキレる、暴走老人の存在がある。老人の刑法犯は、二昔前に比べて四倍ちかくになっているという。犯罪、とまでいかなくても、近年、老年のモンスタークレーマーも増え続けているという。

私も複数の店で彼らの言動を見聞きしたことがある。百均の店で、店員を怒鳴り散らしていたり、スーパーで、店員を連れまわして買い物を済ませたり。立場上、断れない、言い返せない人に、自分の鬱憤を晴らしたり、我が儘を強いたりは卑怯である。

加齢による前頭葉の機能低下ともいうが、それにも増して、長年培ってこなかったがための人間性の欠如によるものもあるとおもう。だって私の周りには、老いて尚、良き為人《ひととなり》を保ち続けている人だっていっぱいいる。

いまの世の中で、何者か？　と問われる時、その人の職業・肩書（元、も含まれる）が、ほとんどを占める。

その人の生き方とか人間性のそれは後《あと》になる。が、実はこれが人にとって、いちばん重視すべき事だと思う。

ＥＱというワードより、ＩＱというワードのほうをよく耳にするが、勿論、両方共大切な事は言うまでもない。

知育偏重教育が問題なのである。

高い学識が、必ずしも高い人間性にリンクするとは限らない。

極端な例だが、今から二十五年前、電車内で毒ガスを発生させて、多くの人を殺傷した地下鉄サリン事件（当時、死亡者十四人、負傷者六千三百人ほどとされる）。その団体の中枢を担い、サリンを作り、実行したのは、いずれも偏差値の超高い人達である。彼等の、その道への最初の入口は、小さな挫折からであったという。

挫折に弱かった秀才たち。あげくその秀でた頭脳を大犯罪に使ってしまった。


人間の心の一部に内包されているという、攻撃性とか卑怯なるもの、これらは、いつ何処から、どのようにして醸成されていくのだろうか。

昔、父が言っていた或る言葉を今にして思い出す（その言葉は当時の私には得心がいかないもので、それで覚えている）。武道をやっていた父が、少年達に剣道の指南をしている時に、しきりに「勝とう勝とうとばかり思うな、勝てばいいってもんじゃない」というような事を言っていた（他の言葉は忘れたが）。その言葉を聞くたびに、小学生の私には納得がいかなかった。時は戦時下。学校の先生は逆の事を言っているし……と。

でも、歳を積んできた今なら……何となく分かる。

試合の中に、強い敵対心を持ち込むな。重要なのは、ただ勝つ事ではない。そのやり方だ、と。

さらに父は、「相手に憎しみを向けるな」と、少年達に言いたかったのだろうか？

もはや父に質すすべはないが（実の処、その時の父の真意は分からない、日頃の父の言動から推したが）。大人は子供に、不当な攻撃性や憎悪を助長させるような環境を作ってはならない、との私の思いが、父の言葉に重なったのかもしれない。

誰かに不当な攻撃性や悪意を向ける時、その刃《やいば》は先ず、己を害する。

人の争いや揉め事等では　其々が、独善的な主張をし合う。自分の正義を振りかざし、不都合は全て他のせいにしていれば、相容れられるわけがなく、そこには、亀裂と敵意、そして自損が生ずる。

人のもつ思惑、価値観は十人十色。でも誰もが、喜怒哀楽はその身内に秘めている。

今の私達は、なんでも「もの申せる」自由な環境の中にいる。

それだけに、言葉の乱用も起きる。

自分の鬱積、怒りの矛先を他に向ける（殊に言い易い立場の人に。時に匿名性のかげで）。

それって、とても卑怯なことだ。

対象によっては何を言ってもいい、は許されない。

もしも今、自分が（不当な）攻撃の矛《ほこ》を手にしている、と気づいたならば、先ずは、その矛を速やかに収めましょう。

一つ、二つ、三つ……息を整えて冷静になる。

でも心の何処かに、盾は持っておく。

咄嗟のとき、自分の事は自分で守りたい。

祈り

年取るにつれ、心の中の分布図に祈りの部分が増していく。

何かに祈る……祈るような気持ちになる……そんな場面によく逢う。

時々、二十分ほど歩いて、古里の鎮守の社にも似た古色然とした神社を訪れる。

境内の森閑とした中で、神殿に手を合わせる時、其処におわす神の御心が我が内なる神に、掌《たなごころ》を通して伝わってくるのを覚える。

私は特別な宗教は持ってはおらぬ。わが心に在るのは自然信仰？（そこには、押しつけや束縛はなく自然の息吹の中に……）

耳をすませば、「お天道《てんとう》さんが見てるだよ」遠い祖母の声が聴こえる。

神殿では、敬虔な気持ちで感謝の意を伝え、自分が今やっている事、こうしたい事を述べ、御加護をお願いして、そのあと御神木の間をぬって境内を一巡して、清々しい気分で帰路につく。

と或る　秋の一日（コロナ騒動になる前）

いつものように、朝の買い物に出る。

途中で、幼稚園児たちの集団に逢う。二、三十人の園児らが、五、六人の先生に引率されて。今日の子たちは、三、四歳ぐらい？　同じ色の帽子を冠って……ひとりひとりが、ほんとに可愛らしい……。

（みんな元気に大きくなってね）と、思わず祈るような気持ちになる。

手を振り合って往きすぎる。モミジのような手と、老いの手を……。

スーパーに入って少しした頃、私は、一人の老齢の女性の姿を認めると近寄って行った。話をしながら少し一緒にまわった。彼女と初めて逢ったのは一年ほど前。隣で買い物をしている私に「椎茸はどれ?」と訊いて来た。

それで、彼女がかなりの弱視であることを知った。

彼女との付き合いは、其処だけのごく短い時間で、道で逢っても互いにスルー。

つつがなく買い物を済ませた彼女は店を出て行く。しっかりとした足取りで。

「気をつけて帰ってね……」私は、彼女の後ろ姿につぶやいた。


帰り途。スーパー前の歩道公園を歩いていると、ふと、気配を感じる。

小さな植え込みの向こう側を、いつもこの時間に逢う、老齢の男性が来る。

痩身長躯を杖に託す、といった感じでゆっくり歩んでいる。

顔が合うと、帽子の上に手をやり、帽子をちょっと浮かせる。

挨拶のしるし……私も慌てて会釈でかえす。

いつの頃からか……知らない同士。

「どうか、何時までも、お健やかで……」

甲府空襲

一九四五年七月六、七日にわたって、甲府市は、一三一機の米軍Ｂ２９爆撃機により二時間余りの空襲を受けて火の海と化し、その四分の三を焼失した。

その夜、十四歳の私は、ズッシーン という凄い揺れで目を醒ました。

真っ暗の家の中には私ひとり、家族の姿は無い。揺れは続く……。

バキバキバッキューン、ガッチャーン……不穏な音と共に……。

一方、防空壕の中では家族たちが青くなっていたという。

「江い子が居ない！」

そのすぐ後、私は、父に抱えられるようにして防空壕へ放り込まれた。

危ない処であった。

その直後に、クライマックスへの序章が始まったのだから。

ばきゅーん、という不気味な降下音の後、落雷の何十倍とも思われる破壊音が……。

まるで、地底から湧き起こってくるかと錯覚しそうな地鳴りと、その、耳をつんざくような大音響による二時間余りの恐怖は、私の筆では到底……語り得ない。

爆撃機の音が遠ざかった頃、ずーっと防空壕の外にいて、壕の入口の木戸に水をかけ続けていた父の声がする。「早く外に出て！」という。

外は黒い煙に覆われていて、母屋と離れ屋から赤い炎が凄い勢いで噴き出ている。ガソリン臭い黒煙と焔が、道向こうの産業組合の倉庫から襲いかかっている。

「体を低くしろ！」と言って父は、私らを家の裏手の細路を辿って、近くの奥まった、普段は人もあまり行かない小さな神社の杜の中へ誘導した。そこまでは火の手は追ってはこなかった。

市街地の真ん中に在る樹木の繁った大きな公園は標的にされ、そこでは実に多数の死者が出ている。爆撃機は、空襲を逃れる無辜の民を更に襲ったのだ。

父の両手には、水の入ったバケツが、母は、位牌やら大事な物をいっぱい抱えていた。屋内から出遅れた私だけが何も持たず、母のモンペの端を握っていた。

何時《なんどき》かの後、私ら家族五人の姿は、我が家の燻ぶる建物に囲まれた庭の内にあった。庭の一角にある井戸は健在で、水がコンコンと湧き出て落ちる音が、なんとも快く感じられた。生まれて此のかた、ずっと聴き慣れた水の音……。

私達は、ススだらけの顔を見合わせて、なんとなく笑いあった。

ひとつの山場を越えた……。心からの安堵の笑みであった。

何も彼も失ったが命だけは助かった。生きて在る事の嬉しさを心に刻んだ、わたし十四歳の夏であった。


その後、一週間ほどは、昼でも薄暗い中で過ごした。空は、未だ大量の煙に覆われていて、地表に日の光が届かないのであった。

何日か経った頃から、街の学校の焼け跡の片づけに通いだして、様々なエピソードを聞いた。あの夜、公園に逃れて来て亡くなったお母さんに抱かれた赤ちゃんが泣いていた話、マイカーで逃げる途中の家族の車に高圧線が落ちてきて、一家が感電死してしまった。この置き去られた車を、私は通学路で目にしている。

なにしろ悲しい話がいっぱい。

私の歳下の従弟《いとこ》も、逸《はぐ》れて逃げ遅れ、焼死した。あの夜、着ていた格子柄の小さな着物の破片を、ずっと後で見せられて、私は身も世もなく泣いた。

私達は、焼け跡に父の造ったバラック小屋で暮らし始めて、夜毎に前の通りを泣きながら通って行く人々の、その引きも切らない足音を聞きながら眠ったのは、どのぐらい続いたろうか。中には裸足の人も、半焼けの着衣をまとった人も、星影に仄かに見えた。

付記

一夜にして、街中は酷い様相を呈し、多くの人が焼け出され、亡くなられた方もかなりいました。私はこの文の中で、焼け焦げた家の庭で、私ら家族は顔を見合わせて笑ったと書きました。あの時の私の心境を述べてしまいましたが、犠牲になられた方々には申しわけありません。先の戦争では、実に多くの方々が祖国に殉《じゅん》じられ、平和の礎《いしずえ》となりました。私の身近にも大勢います。若い身空で戦場に散った三人の従兄達。多くの知り合いが戦死しました。空襲で犠牲になった人々。今、その人達の在りし日の姿が浮かんでまいります。中には、シベリアに抑留中に亡くなられた人もいます。

戦後シベリア等に抑留された日本兵士は、六十万人ともいわれ（推定）、重い労働を課せられ、その過酷さの中で、望郷の想いを抱きながら、再び故国の土を踏むことが叶わなかった方達も多くいます。私は、一人の遺族の深い悲しみをみました。

これらの事実も、決して歴史の影に埋没させてはならないと思います。

玉音放送と広がる青空

以前に私が、或る新聞に応募し、同名のタイトルで掲載されたものです。

記

「甲府空襲から一か月余が経ったあの日、女学校三年生だった私は、甲府市のほぼ中央にある遊亀公園の焼け跡で、被災者支援の募金をしていた。

空襲を受け、自分の家も学校も丸焼けとなった。

公園の中には、新しい盛り土の小山があった。空襲の夜、ここへ逃れてきて犠牲となった多くの人が、そのまま、埋葬されていたのだった。

正午頃、突然、公園の一角にあるスピーカーが鳴り、あの玉音放送が流れてきた。内容はよく聞き取れなかったが、どうやら戦争が終わったらしいと知り、一瞬、呆然となった。

「もうB29は来ないんだね」

誰かの声に空を仰ぐと……そこには、ウソのように静まりかえった青い空が広がっていた。

あの時の空の色は、今でも思いだすことが出来る。」

以下省略

あの日の空の色は　解放の色として十四歳の心に刻まれた。

それまでは夜毎の警戒警報、空襲警報のサイレンの音に怯えていた。

昼は、授業中の窓からも、敵の偵察機をよく見た。

轟音を伴って悠然と、上空を旋回して去るのだ。跡に、白く弧を描いた飛行機雲を残して……。


小学生の時には、週に何回か授業の一環として農家へ農作業に行った。

春休みとかには毎日、出征兵士留守宅の赤ちゃんのお守りに通った。

農作業の勤労奉仕は、女学校に入ってから更に多くなった。

女学校二年の時には、校舎の三分の一ほどが工場になり、女子挺身隊員として、毎日、兵隊さんの軍足を作った。最後の工程の爪先かがりに、手先があまり器用でない私は、円盤の前で苦心した。ひと目でも外すと、即不合格となって返品されてくる。首が痛くなるほど真剣にやったものだ。

授業も相応に受けていたが、男性の教師はどんどん応召していってしまうし、学力の低下は歴然であった。そのため、私自身は後に苦労することになった。

戦後も暫くは困難な状況が続いたが、そこには、希望があった。

往く手に光を求めて、日本中が、みんなして頑張った。

それぞれの紆余曲折を通りぬけて……。

あれから七十五年を経過した今、私はこうしてここに居る。

昔、村で逢った異邦人たち

小学生の頃の、日本・朝鮮併合時代、一人の朝鮮人のおばさんが我が家に来ていた。彼女は、村回りの古物商でリヤカーを曳いてやってきた。ウチへ来ていた理由は、ウチには四六時中湧き続けている堀抜き井戸があり、大小四個のコンクリートの箱には、いつも水が溜められてある水場があった。他の人と同じように、彼女の休憩地点になっていた。彼女が縁側で休んでいると、近所の人が「後でウチにも寄ってね」と頼みに来たりした。

時々、女の子を連れていた。

軍靴の音が高まり出し、いつの間にか、おばさんの姿も見かけなくなった。

忘れた頃、ひょっこりとおばさんが、なんと、もう一人の小さな私を連れて現れた。

女の子の小学校の入学式とかで、その子は、私が入学時に着たセーラー服の上下、赤茶の皮靴を履いていていた。

「まるで、チビ江い子じゃんか」

そこに居たみんなで、手を叩いて祝った。

私達が、あの親子に逢うのは、その時が最後となった。

間もなくして、もう使うことの無くなった私のランドセルをあの女の子に使ってもらおうと、母が、おばさんの住居を訪ねたが、既に転居して行ったあとだった。

母はランドセルを抱えたまま、「これ、あの子に背負わせてあげたかった」と少しがっかりしたように言った。

そのランドセルは、真中に大きな赤い薔薇、その両脇に小さな緑の葉が、浮き彫りに描かれた、私お気に入りの物だった。長兄が、セーラー服と赤茶の革靴と一緒に私の小学校の入学祝いに贈ってくれた物だが、空襲の時に焼失してしまった。


あれは、終戦から一年程が経った頃だったろうか。父が亡くなった直後で、私はリヤカーを曳いて畠からの帰り、脇道から大通りへ出る曲がり角で、リヤカーの片方を小さな溝に脱輪させてしまった。リヤカーには（忘れてしまったが）農作業の道具だとか，採れた野菜とかを積んでいたと思う。

私は渾身の力をふり絞って脱出をこころみたのだが……。そんな時には誰も通らない。目の前を一台のジープが通過して行った。ジープは少し先で停まり、一人の若い米兵？ が降りたって来た。その人はなんと、リヤカーの後ろにまわると、押し出してくれたのだ。

「ありがとうございます」

何遍も頭を下げる私の前に、ニュウっと毛深かな手が差し出されて、数粒のチョコレートが私の手に……。私にとっては、驚天動地のような出来事で、夢の中にいるようだった。

「サンキュウ、ベリマッチ」

私のこれまでの長い人生で、後にも先にも、たった一度、外国人に使った英語であった。

「バーイ」といって去って行く人の後ろ姿に、私は何時までも頭を下げていた。

あれが、何年間も（鬼畜米英）と教え込まれていた人……？　私の家を焼いた国の人……？

私の体の中から、何かの塊が、水のように溶けだして流れていった瞬間だった。

米兵は、三人の戦死した私の従兄弟達の中の二人と同じ、二十代だろうと思われた。

読書

私は読書が好きで（主に小説、昔の物語）、面白ければ何でものの雑食型。

読書は、子供の頃からの物語好きからはじまった。

小さい頃は、本の中には、自分の知らない世界がいっぱいあってわくわくした。

今は乱読型なので、決していい読み手ではない。だから、読み終わって少し経つと、内容はほとんど忘れてしまう。楽しさだけを残して。

でも、若いころ読んだ数々の中には、ピンポイントで記憶されているものも結構ある。中には、うっかり読んだ昔の怪奇譚の中のおどろおどろしい場面が、いつまでも脳裏に残っていて困った。で、その手のものはずっと読んでいない。

又、遥か何十年も前に学んだ国語や歴史の教科書の中のある文章の一節など、幾つか断片的に憶えていて、時々ひょんと飛び出してくる事がある。きっと、これまでに何回か出て来たのだろうと思う。でなければ、長いこと憶えているわけがない。


ここ何年か、私の読むのはほとんど推理小説。

先に犯人が知れているサスペンスものの、例えば逃亡劇、追う者、追われる者の両者の攻防のハラハラ、ドキドキ感なんか、クセになりそう。

ミステリものでは、私はよく犯人当てをしながら読んでいた。意外性を視野に入れて、途中で作者の仕掛ける小さなヒントを見逃すまいとし、気になる人物に目を凝らす。で、犯人を当てる事ができると、ひとり悦にいっていたものだが、だんだん外すようになって、そのうち、とんと当たらなくなった。自分の思考力の低下と相俟って、ミステリの内容も、時代の流れに伴って複雑で難しくなっている。科学的なものも入り込んできたり、専門性も帯びてきていて、もう、謎解きはむずかしい。だって、テキは意外性のその上を捻りながらいくんだもの。こっちの稚拙な推理なんぞ木端微塵だ。

でも、読書のよい処は、解らなくなったら、もう一度戻って確かめることができる。

こうして読み込んでいけば、その分、引き込まれるような面白さがいっぱい待っている。

私は、七十八歳で仕事をリタイアしてから、中世紀頃からの古典物を読み出した。

鴨長明の方丈記、吉田兼好の徒然草、紀貫之の土佐日記、また、平家物語などは、女学校でさわりの部分を教わっていて、私もご多分にもれず冒頭の部分は諳んじていて、あのリズミカルな文章が今更に懐かしく興味をもっていた。

内容はいずれも、この世の儚さとか、をかしさ、生きることの過酷さ……。

それと、いつの世にも通じる真理が盛り込まれていて、随所で、人としての（あらまほしき業《わざ》の）あれこれも教えられる。

又、侘び寂び、過酷さの中にも、時に滑稽話も混じっていたりして面白い。

今、私の心にふと浮かんだのは、鴨長明の『方丈記』の意外な結末である。

前半は、今から八百四十年程前に京の都を襲った、様々な大災害の記録。

一、二、三年程の間隔で、大火災、大竜巻、国中を席巻した大飢饉、その後に蔓延した疫病、大地震などによる惨たらしい様相が克明に描かれている。

後半では、俗世を逃れ、すでに出家の身の鴨長明が、山中に方丈の庵を建て、其処での生活の様子を綴っている。

方丈庵と、その周辺での、花鳥風月を愛で、楽器（琵琶）を友としての幸せの日々が展開していく。

「身、心の苦しみを知れれば、休めつ、まめなれば使ふ。つねにありき、つねにはたらくは、養生なるべし」と、どうやら、苦しい時は休んで元気のときは体を動かして、と健康に気をつけながらの味わい深い日常をずーっと謳っているので、つい引き込まれて、私もその桃源郷にお邪魔していたら……なんと、突然、エンドを告げられる。昨日の今日といった感じで……。

長明さんは、静かなる暁にしみじみ思う。

「さて、私の生涯は、もう、あの山の端に傾いていく残月のように、三途の闇に向かっている。自分は今更なにを言う？

仏の教えは何ごとにも執着してはならないという。今、この愛する環境に浸っているのも悟りの妨げになる……」

そして「いかが、要なき楽しみを述べて、あたら、時を過ごさむ」と。

（ここでの楽しい生活を記していて、いたずらに時間を過ごしてしまった）って？

彼は自分の心に問う。

「山林にまじはるは、心を修めて道を行なはむとなり」

ここに来たのは、仏道修行をするためだ。だが未《いま》だ心は濁ったままだ。もしかして、妄心のあげく狂ってしまったか。そのとき、心はもう何も応えてはくれない。だから……「南無阿弥陀仏」を二編、三編唱えて、この書を終える。

時に、建暦《けんりゃく》の二年《ふたとせ》、弥生《やよい》のつごもりの頃、桑門《そうもん》の蓮胤《れんいん》、外山《とやま》の庵《いほり》にてこれをしるす。

このとき　方丈の庵《いおり》の中に、ひとり座す鴨長明の姿が……彷彿とされる。

私は、最後の処での、この長明さんの急な変節には驚いたが、後からじわじわと、その人間的な部分にも親しみが湧いてきた。

これらの種々の本によって、わたしは、考えさせられ、生きていく上でのヒントも、楽しみもいっぱい与えてもらった。

七百、八百年の時代を越えても、吾々日本人の根底の部分にある精神性には変らないものがあると思う（私の願望も？）。

今のグローバルな世の中、人々（老若男女）の心のありようは、当然大きく違ってくるし、世の中の様相も刻々と変化する。それらの移り変りの様も、本を読むことによって知ることが出来る。

私の実人生は、ただ一本の道。そこを歩いて来るのがせいいっぱいで……他人《ひと》様のことなど、殆ど分かってはいない。

物語は、実録、創作をとり交ぜて、そこには、様々な人の、様々な人生模様が、それぞれの時代背景の中にくり展げられている。

それを作者達は、渾身を筆にこめて見せてくれる。

読書には、楽しいだけでなく、新しい発見があり……私たちを未知なる世界へ誘ってくれる。

本の中の人たちと

現実の旅などあまりしていない私だが、本の中では様々な旅に出た。実にバラエティに富んだ人たちと一緒に……。

本の中の旅は空間も時間も関係ない。時として何百年も昔にタイムスリップしたり。

野村胡堂えがく銭形平次は、十手を懐にお江戸の町を駆けて行く。

ガッテン承知！　と、その後を追うガラッ八。

その後を付けていく私……。

年寄りのヨタヨタ足ではなく、スイーッスイーッとだ。

なにしろ、そこはそれ、紙上からして。

長谷川平蔵である！　独特の装束に身を固めた鬼の平蔵……。

凛とした声、剣さばき、身のこなし、しびれる。

彼の主《おも》だった密偵たちの動きにも興をそそられる。この七人は、ほとんどが盗賊あがりである。人間は、善い事もすれば悪い事もする。

池波正太郎のコンセプト。これが面白い。

又、池波、藤沢作品などの中の江戸市井《しせい》物には、よく大小の河川が登場する。江戸川や大川など、又そこから派生する川が、登場人物たちとうまくからみ合い、巧みな筆致と相俟って江戸情緒を盛り上げている。


時は元禄時代（三百有余年前）。

奥州路を吟行しながら辿る、松尾芭蕉とその弟子、曾良の姿がある。

芭蕉は、元禄二年の春から秋にかけた一五〇日間の旅の紀行文『おくのほそ道』を、その三年後に出している。

（原文）漂泊の思ひやまず
　松島の月先心にかかりて

この二人の旅を描いたもので、心に残る小説がある。田牧大和著『ほそ道密命行』

那須黒羽へ向かう道すがら、芭蕉は賑やかだねえと呟く。場違いにも思えた師匠の呟きに驚いた曽良に、

「人と獣、草木、雑多な気配が賑やかだと、言ったんだよ。宗悟《そうご》は分からないかい」※3　と芭蕉が言う。

う〜ん、凄い！　田牧さんは、芭蕉と奥の細道という旅の奥深さを教えてくれた。

おかげで、私もひととき、二人に連れ立って良い旅をした。

月日は百代《はくたい》の過客《かかく》にして　行《ゆき》かふ年も又旅人也―　芭蕉

小林一茶は、小動物たちと会話が出来たと言う。

長閑な田圃道を行く一茶……。

私も後をそっと付けて行く。確かめたくて……。

西村京太郎の書《えが》くトラベルミステリーの中では、十津川警部、亀さんとは実によく同行させてもらった。

乗り物だけではなく、日本各地の名所、旧跡、観光地にも分け入って行く。

ミステリの謎解きをしながら、各地への紙上旅行……。

その醍醐味だけを頂戴する。

私には、ホシを挙げねばならぬ任務が無いから……。

※3　著者　田牧大和　書名『ほそ道密命行』発行所　株式会社徳間書店　二〇一二年三月三一日　第一刷

昼さがりの夢

「お客さん、お客さん」

肩をポンポンされて目を醒ました。

目の前に車掌さんが立っていて「終点ですよ」と言った。

私は、声をふり絞って「ハイ」と答えると、車掌さんは行ってしまった。

再び模糊の世界へ……。

と、お隣に座っているらしい男性の声が聴こえた。

「カメさん」と向かいの席の人に呼びかけている。

あッと私は思った。十津川警部と亀さんだ。

私は、一心に耳を傾ける……。

警部は続ける。

「後部から四番目の通路側の座席、ホシの一味だ。動きを見よう」

俄然、私にも緊張がはしる。だが、己の姿、形はさっぱり分からぬ。

私は、懸命に祈った。

「どうか、もうちょっと、この夢さめないで　いいところなんだから……」

そんな思いが入り込んでくる。なんだか変な感じ……。

その時、電車がガッタンと大きく揺れた。

私は、飛び起きた。

どうも、私のリアルの体のほうが、力《りき》みすぎたのか、座椅子の背もたれから外れたみたい。

惜しいなア。でも憧れの十津川警部の声も聞けたから……いいや。

膝の上には　西村京太郎著・十津川警部……と書かれた本が乗っていた。

ガードの固い　ニンニク一家

二個のニンニクがある、丸ごと少し温めて皮を剥きにかかる。

外側の皮は厚く、次第に薄くなっていって、四枚目ぐらいの膜を剥がすと、大粒のニンニクたちが外側をガッチリと固めている。

その内側は中粒のニンニクたちが、更にその内側の小粒のニンニクを抱きかかえるようにして、真中の心棒にしっかりとしがみついていて……全員が足を台座にぴったりとくっ着けている。

「まるで、ガードの固い仲よし家族のようだ」と思いながら私は、一粒一粒の衣を丁寧に脱がしていく。

剥がした皮の量はいっぱい。

その隣には白く裸になった大小のニンニクたち。

この後のニンニクたちの運命は、卑怯にも記《しる》さない。

ただ、「ニンニクさん、ありがとね」と私は礼を言う。

あなたたちのお陰で私は、毎日、元気でいられる。

私は、この何年か、ずーっと風邪を引いていない。

それはきっと、ニンニクさんのお陰だよ。

数え癖と　お金の話と　逆境と

私には、すぐ何かの数を数える変な癖がある。それは、たわいないもので、何にでも向けられる。

例えば、朝、家を出て、近くの生垣に花を見つける。十八輪咲いている。昨日はたしか五輪だったナとか。道の辺に咲いている小さな花の種類だとか、数をかぞえながら、新顔を発見すると、や、あそこに小っこいタンポポがデビューしたぞ……。

停留所でバスを待っていると、足元を蟻ンコが並んで歩いている。一匹、二匹、三匹といった具合に数えてしまう。

スーパーに行く道すがらの木の本数、あちこちのマンションの階数なんか数えてしまって、今日は歩数を数えていた。

スーパーまで一二〇〇歩。家に帰ってきて、ケータイの記録歩数を見ると、二七〇〇歩、まあ当たっている。

で、スーパーで買う品物をカゴに入れる毎に、大まかな足し算をする（お金と重量）。

何処かの階段を上り下りする時、ブツブツ、数えている自分がいる。

では、その事に集中してやっているかというとそうでもない。せいぜい、三分の一ぐらいの気持ちしか向けていなくて、楽しんでやっているきらいがある。それも、老境に入って暇もでき、自然の中をあちこち歩くようになってから始まった。

だって、自然の中は、数字だらけだもの。それに少し違うが、目に見えない時間だって数字で刻まれている。

外出の所要時間、何かに要した時間、これから要するであろう時間をおのずと計っている自分がいる。

調理のときは、食材をいちいち量るしで、家ではキッチンスケールもタイマーも大活躍だ。

又、今でも年度末に（お一人さまの）簡単バランスシートを作っている。

とくると、この私はよほど数に拘るヤバイ奴か、又は、金銭に細かいタチか。

それならノン！　私の数え癖、数字との付き合いは単なる癖で、むかしからお金にはさほど細かくはない。

子供達の学生時代、彼らの急な出費を直ぐ財布から出してあげられない時があるので、お茶の空き缶にお金を入れて、勝手に出して持っていかせていた頃があった。

そんな適当なところもある親だったが、子供らは、家に余裕があるわけではないことも知っていたし、自分らが信用されてたのも分っていて、それぞれ堅実にやっていたようだ。

ちなみに私は、子供らに勉強しろだとか門限だとか強いたことはない。それは子供等をそれとなく見ていると、親が干渉する必要もないと思えたし、自分の事でせいいっぱいだっただけなのだが、そんな中でも、彼らの友達との話とかは面白くてよく聴いていた。

今でも私は、無駄遣いはしないが生きた出費なら惜しまないし、全てにシビアではない。

では何故、あんな風な数え癖が出来たのか、○○症候群、とでも言うのか分からないが、これから少し触れる、夫亡きあとの半世紀、その前後のことなども。そのダイジェストの中に、根っこがあるのかも。

昔、私はよく銀行から借金をした（四十代から六十代の間に十件余りか?）。最初は、家作の新築から始まって、その建て替え、自宅の買い換えなどの、建築関係が約半数にのぼる。その他、諸々。

借りに行く時は、一件につき一度ではないから、銀行や信用金庫に行って貸付係と対座した数は多い。必要書類を用意し、提出して審査を待つ。審査が通り、お金を借りる（当時は、貸し渋り貸しはがしと言われた時代で、よく貸してくれたと思う）。

今度は、返済表と睨めっこしながら頑張って返す。そして又、何かで借りる。

当時、いずれの時も、決められた完済日より前倒しで全てを返してきた。

それほど返済が気にかかっていたのだ（当時の利息もバカにならなかったし）。

今、あの頃を振り返り、無事に過ごせたことに胸を撫で下ろす。

なにより、親子が健康でこられて良かったと思う。

お金といえば、夫が亡くなった当時は困窮したが、自身の弱った体が回復していくのにつれ、少しずつ廻るようになっていって以後、決して豊かではないがお金に困った事も無く、金で人に迷惑をかけたりした事は一度もない（あたり前だが）。

逆に、夫の生前には、よく人からお金を貸してと頼まれて、渋々（善意でなんかでなく）小口のお金を貸していた。その数を一度、夫と膝つき合わせて整理してみたことがある。その数の多い中には、踏み倒しと思われるのが何人かいた。借りに来るのは何故か同郷の人が多かった。まるで、郷里を担保にするかのように？　そして踏み倒し人間は、あと消息を絶った（半世紀余り前のあの頃、個人間での金の無利子貸借は簡単にされていたのだ。大昔からの地縁、血縁間での相助感覚の名残りだろうか。まるで米や味噌でも借りにくるように。金額は何れも、そう多くはなく、私らは、金が戻ってこないと知った時、行方知れず、文無しの相手ではどうにもならないので、結局あきらめた）。

夫が亡くなって、もうそれ処ではない。そういう事からは縁がきれる、そう思っていた。ところがどっこい、大玉が待っていた。それも、連発式の打ち上げだ。

生前、夫は何かの事業を企画していて、その準備金として友人の建築屋へ預けていた金が戻ってこない。私にとってはかなりの大金で、人を間に立てたりしてかなり踠いたが、三人の子持ち、財産は皆無の者から取れない。夫にも責任がある。

唯一、土地が残されたことが救いであった。

次の被害は、銀行の三年積立預金の満期を頼みに待っていたら、それを銀行員に持ち逃げされた。満期になったので、その現金を持ってくるからといって、そのままドロン。多忙の中、都心にあるその銀行に何度もかけ合いに行った。初め丁重に対応してくれたが、途中で掌を返したようになって結局駄目だった。預金の通帳が手元に無い事（通帳の預り書は彼の名刺の裏に書かれたもので無効）、毎月の掛け金は現金で手渡しであった事で不利だった。私は銀行に、確かに貴行の発行した通帳でしたと粘った。関係書類も、守秘義務を盾に見せて貰えず、私は幽霊顧客となった。大きな疑問が残った。あの、初めの二度・三度の銀行の丁寧な対応はなんだった？（私は確かに登録されていたのだ）

だがもう、司法に訴える気力もなくなっていた（その行員を私に紹介し、預金を薦めた遠縁の人も、「ごめんなさいね」といって一緒に頑張ってくれ、司直に委ねる事を勧めてくれたのだが……）。

次は、夫の石碑代にとお金を下ろしてきた処を、線香を上げに来た夫の友人に、三日間だけと懇願されて貸倒された件。

その男は公務員で、夫の生前は、外勤で近くに来たからとか言って、よく遊びに来ていて泊ったりもした。久しぶりに現れた彼が、役所を辞めていたのを私は知らなかった。彼は、役所を辞めたあと立ちあげた事業に失敗していたらしい。

それぐらいを最後に、もうお金を借りに来る人はいなくなった、と思ったら一人、変り種がきた。刑務所帰りの人だった。なんでも夫と同郷とかで、幼馴染みだという。夫の死を知らずに来て驚いていた。私は見た事も聞いた事もない人物だった。

帰りの足代を貸して欲しいと言い、大きな風呂敷包みを置いていくという。そんなもの邪魔だが、私はそれを預り、ぎりぎり額を値切って？　足代を貸した。

少しして戻ってきて、「やっぱりこれが無くては、明日から困る」と言って、さっさと風呂敷包を持ち帰って行った。お金はもちろん、戻ることはなかった。

今、これを書いていて私は、おかしくて、笑ってしまった（悪知恵の成功体験を一つ許してしまったわけで　笑う処ではないが）。

私が笑ったのは、まあ次から次へと、バカじゃないの、と若い日の自分にあきれ、吾々夫婦のあまりの脇の甘さにもだ。

子供達は、以上の諸事情はぼんやりとしか知らないと思う。それからの私も、懲りずに誰にも相談せず、ひとりで何かをやっちゃう処があった。子供らも、「かあちゃんが又、何かやってるぞ」と、おもっていたと思う。

私ら夫婦は、六十八年前、流行の脱サラ組で、地方から上京して、伝手を頼ってベーカリーを開いた。私より何か月か前に夫は上京し、大きな店で製パンの技術を習っていた（夫は若い頃、何年かパン屋でアルバイトをしていた）。

経験も資金もロクにない無謀な出発だったが、折よくブームに乗って、苦労はしたが、なんとか軌道に乗ることが出来た。その上り坂の途上で思わぬ災難に見舞われる。

三歳の愛娘を交通事故で失ってしまった。その時、知り合いの少女に連れられて道路の端にいた娘を、よそ見運転とかの小型トラックが跳ねた。三時間後に病院で亡くなった。

悔やんでも悔やみきれない。

たった十数分が……。我が子の生死を分ける時間になろうとは。

「おかあちゃん、すぐに戻って来るからね……」と聞き分けのよい三歳の娘に言いふくめ、二歳の妹を見ていてね、と頼むと、彼女は「わかった」と頷いた。これが、私が聞いた娘の最後の言葉となった。

私は部屋の鍵をかけ、階段上の柵を閉じ、そこにも施錠した。急いで用を足して戻ってきて階段を上った。と階段の柵が開いている。部屋の扉も開いている。と、その時だった。表で車輪の軋むするどい音がした。血が凍りついた。

自分の迂闊さを責めた。なぜ、彼女ら三人が裏から出て行くのに気付かなかったのか。注意を払っていなかったのか。運悪く誰も見ていた者はいなかった。

その後、夫の友人の弁護士から民事提訴を勧められたが、結局夫は断った。金は受けないと決めたようだ。

「そんなもん、いらない！」

夫は絞り出すように呟いた。あの子はもう帰ってはこない、と。

加害者への強い憤り、娘への申しわけなさ、不憫の念いが入り混じって、私らの頭の中は半狂乱だった。

「轢きたくて轢いたのではありませんよ」

加害者が、あの日、いった言葉。

「当社は関係ありません」と、加害者の勤務する会社が警察に言ったという。

夫は、もはや激する様子もみせず、徹底して加害者側を無視した。悪業を断つように。

時代はモータリゼーションのはしりで、車がブーブー鳴らし、我がもの顔で走っていた。

私らは一か月間は立ち直れなかったが、次女がいたので、その子が立ち直る力を与えてくれた。長女が亡くなって一年後に長男が生まれて、私らは一層仕事に励んだ。

だが、その十年後に、今度は、夫が病を得て帰らぬ人となった。

四十代半ばの若い肉体に病の進行は早い。あっという間だった。起業して十六年が経っていた。夫を送り、暫くは腑抜けのようになっていたが、やがて立ち直りを見せたかと思うと、私はがむしゃらに働いていた。

その十二年後に私は、ある繁華街の駅近くにステーキハウスを開店した。コンサルタントの指示を仰ぎながら、かなり繁盛したが、なにしろ盛り場の十八坪の家賃、人件費、その他の出費は予想を越え、どんなに頑張っても経営はかつかつ。えいっとばかりに、今度は、フランチャイズの大衆酒蔵に替えてみた。更なる繁盛をみせたが、結局これも同じ。苦戦を強いられた。

一方、ベーカリーのほうも、近くに出来始めたスーパーの挟み打ちとなり苦境にあった。Wパンチである。

そこで、当時、スーパーではやっていなかった弁当販売に目を付け、それに商売替えした。昼は数人のパート、夜は若いバイト何人かを雇い入れて回した。これは費用がさほどかからず、儲かった。何とか起死回生ができ、三十年近く続いたが、借家の老朽化と自身の老朽化が重なりここも閉じ、完全に会社じまいをした。

すでに、バブル崩壊はかなり進行しつつあり、その影響は各方面に出始めていた。

長い年月に亘る、雇用、顧客、その他、関わってきた人達の数は実に多い。

何れも、気を遣う対象だったが、労使間、その他、営業のトラブルもほとんど無くやって来る事が出来たのは僥倖であった。今は全てが懐かしい。


あ、ここで、忘れていたが、大きなトラブルが一つあった事を思い出した。

私ら夫婦は、並々ならぬ覚悟で脱サラして、異郷の地で、結婚、商売、子供の出産育児、と続く中で頑張っていた。

そんな最中、突然、住居付き店舗を明け渡すよう言われたのである。

理由は、家主が交替して、新しい家主が次の更新に応じないと言いだしたのだ。

拒んだら、裁判所へ訴えられた。

裁判は、簡易裁から、地裁、高裁まで、数年を費やした。時間も無く、資金も乏しい中で、夫は孤軍奮闘した。古い法律書をひっぱり出し、民法の本も買ってきて勉強したり、同じようなケースの判例を調べるなど、懸命だった。

それ以上に私達を苦しめたのは、相手の執拗な嫌がらせと逆宣伝であった。

その間に長女は亡くなった。

裁判は、夫の予想通り勝利してほっとしたが、あまり嬉しくもなかった。

「終わった事だで、これからぁ仲良くしてぇ……」と　さんざ営業妨害をしまくってきた爺さんが言ってきた。

私は「まだ最高裁がありますよ」と返したのを憶えているが、今はもう、怨讐の彼方である（恩讐ではない）。

振り返ってみると、創業当初の件《くだん》の店舗から離れたい思いが強く（厭なことが有りすぎた）、結局、無駄骨を折ったり、随分と廻り途をして来たようにおもうが……。悔いはない。

今、花の数だの、蟻ンコの数だのを「ヒー、フー、ミー……」なんぞと、呑気に数えてる老婆の姿……。

若いあの頃の私に見せてあげたい。

そしたら彼女はこう言うだろう。

「あの婆さん　誰？」

と、何処からか声がする……。

「……ローバは一日にして成らず……」

親子

子は親を選べない。と、よく言われる。

ならば、親が子を選んだ？　というのでもない。

何億分の一の中から許されてこの世に生を享けた子供……。

この三千世界に唯一無二の存在として……。

これはもう、神秘の世界である。


子が幼い時は、その全てに親が手を掛けねば子は生存していけない。

そのぶん、とても可愛い。だから親は子育てに二十四時間がんばる事が出来る。

親は子を育てるが、又、その子に育てられてもいるのだ。

子の「育ててくれてありがとう」という言葉は、親も又、子に言える。

子が成長するに及んで、親子は少しずつ距離を置いていくようになるのが自然の成り行きである。

子は、行く手に、己が将来のビジョンを描き、その上を進んで行く。

親はそれを見護り、フォローし、時に求められれば相談にものり、助言もする。

親自身の生き方も問われる。昔から、子は親の背中を見て育つ、と言われている。

こうして　様々な親子の様々な歴史が刻まれていく……。

老いた親は願う。己の死した後も「この子らの上に幸あれ」と。

後記

これを書いていると、私の中に幾つかの複雑な思いがよぎる。

第一に、私はもっとも庇護すべき年頃の吾子を事故死させてしまっている。その十字架は、ずっと胸の内にあって、時々、心を苛んでいたが、いつの頃からか、あの子はいつも私といっしょに居る、という思いを持つようになり、そうだ、自分が元気でいなくては、と前向きの気持ちになっていった。

又、この短文を読み返してみると、私は何を決まりきった大時代の事を云っているのだ、という気もする。

今、親子関係も家族関係も中々むずかしい時代だが、多くは、色々クリアしながら普通の関係を築いている。

等閑できないのは、幼いわが子を虐待する親の所業。犠牲になる子供のニュースは後を絶たない。どうしてそんな事するの？　と、いつも、怒りがこみ上げてくる。

（あんた、大きなこと言えないよ）と、もう一人の私に言われそうだが、あの痛恨の思いがあったからこそ、なおいっそう切ない。

我が子を虐待する親ほど、他人を拒絶し、秘匿するのだそうだ。周囲の目が、少しでも違和感を感じたならば、（我らの身近な相談所）交番に相談してお巡りさんに訪問して貰うことだということ。

「○○ちゃん元気ですか」と何気に、何回か訪ねてくれるようお願いするのが良いという。交番へのハードルが高かったら誰かと共に。

子を虐待する親は、（軽々には言えないが）何らかの精神的欠陥か、脳の障害があるかと思う。だとすると、もはや、精神論だけでは片づけられない。勿論、他の要因も色々からんでいるのだろう。

行政は勿論、私たちもみんなして、一人でも多くの目で子供たちを見守っていけたら、とおもう。

委言書　を書く

二人の子供らに宛てて委言書なるものを書いた。

遺言書では無く委言書。

私が生きている内に読んで貰って、やって欲しい事が書かれている。

遺産分与の事は、不動産関係は大まか決まっているが、その他は、（どのぐらい生きるか分からないから）たいした額でもなかろうが、パーセンテージで示した。


さて、私が最も子供達に伝えたい事は、我が終末医療の事である。

私が願うのは、延命治療をしないで欲しいこと。具体的な事は書面に記した。

心身共に苦しみながらも、ベッドの上で生きながらえたくはない。

終末期、肺炎を繰り返したりして苦しみながら逝った人の話も聞いた。

最後はもう、鎮痛剤、精神安定剤ぐらいで、他の薬は投与しないで欲しいと。

次は、私が死の床に就いた時は、二人の子供と、その連れ合い、孫以外の見舞いは一切、望まないこと。臨終の立会も、子供らとその連れ合いぐらいでよい。

若い人には、お婆ちゃん、ひい婆ちゃんの元気の時の姿を、時々思い出してもらえればいい。


葬式は、家族葬を希望。祭壇もいらず、質素にやって下さい、と。

戒名『法名』は原則いらない。出来たら俗名でいたい。

お寺さんには、（相場で）のお布施と言うか、お礼をして欲しい事等。

要するに全て「シンプルで」が私の希望です、と書いた。

（日時、住所、氏名、実印）を添えて。

私のふたりの子供ら、姉、弟は仲がよい。昔から、諍《いさか》いをしている処などを見たことがない。これからも、ふたり仲良く協力しあって生きていって欲しいと願いながら、その二人にお頼みする、この委言書を私は書いた。

（私はこの委言書の法的効力というものは、度外視して書いた。子供たちに自分の意思が伝われば良いので、簡単なものにした）

お清めの塩

ある所で、厳かに葬送の儀が行われている。

送られる人、送る人、両者は何らかの所縁《ゆかり》ある人々。

葬儀が終わり、参列者は礼状を受け取り帰途につき……、自宅玄関前で、礼状の中に入ったお清めの塩の入った小袋を出し……、自分の体に、そのお清めの塩を振りかける。

ここに、死・穢《けがれ》・禊《みそぎ》……このワードが並ぶとき、今日、黄泉の国へ旅立った人は、ここで（玄関前で）突然忌むべき存在となる。

私は昔から、この塩を使っていない。

これは、逝く人への冒涜であり、手向けにもとる行為と思うから。

死、イコール、穢れ、この概念は何時の頃から生まれたのだろうか？

日本最古の書物とされる『古事記』に、初めて、死、穢れ、禊の文言が出て来る。

イザナギの神が、亡くなった妻のイザナミを追って黄泉の国へ行き、そこで、イザナミのウジなどにまみれた醜い姿を見てしまい、ほうほうの呈で逃げ帰り、日向に辿りついて、川で禊をする。

「私は、汚れた国へ行ってしまった」と言うが、だがそこには、死を穢れの対象とする記述はひとつも見当たらない。

神道と違って仏教では、死を穢れとはしていない。

ならば、葬式から帰宅した人が、自宅に入る前に、自身の身に、お清めの塩を振りかける行為、又その心に、得心がいかないのである。

時計は友

ウチには、二つの壁時計と、移動可能なデジタル時計が一つある。

それぞれに名前が付けられいる。

「おはよう」と朝、目覚めて、いちばんに顔を合わせるのが、「夜回りくん」こと寝室の壁時計。

この夜回りくんには就寝時、いつも暗黙の注意を受ける。

「ほら、明日になっちゃうよ、もう寝ないと……」なんぞと。

寝る前の読書は、私の習慣になっていて、つい時間を忘れる。

本を手に持たずに読める便利な書見器がベッドに付いていて、どんな体勢でも読むことが出来るのが夜更かしを助長しているらしい（他のせいにしてはいけないが）。

リビングに入って行くと、「日まわりさん」ことリビングの壁時計が待っている。

昼は、このリビングに居る時間が長いので、炊事や読み物、書きもの、何をしていても、彼女とは頻繁に顔を合わせることになる。

だから、日中はいつも「日まわりさん」の指示によって運ばれているわけで、とても頼りになる存在。

ゆっくり動く長針、もっと鷹揚な短針、秒針は細長い足で、ぐんぐんと先を急ぐが、カレが一周しても一分としかカウントされないが黙々と進む……。

リビングの日まわりさんのは、カッチカッチと律儀に秒針を刻む。

寝室の夜回りくんの秒針は、氷上を滑るようにスーッと進んでいく。

それでか、寝室に入ってからの時間がいやに短いような気がする（そんなこと言うと　夜回りくんに叱られそうだ）。

それぞれが、日がな一日を……、時々擦れちがったりしながら……静と動の足どりで、丸あるいグランドを、丸あるく巡っている。

あ、そうだ、もう一つの時計。デジタル時計のデッちゃん。温度、湿度計も付いていているので、カレは家中、どこへでも出張《でば》っていける便利な存在。

ウチの時計たちは　みんなわたしの友達。

緊張すると口が渇くのは？

以前、あるテレビの番組で、緊張すると口が渇くのは　生き伸びる為といっていた。臨戦態勢に入る筋肉の方へ、消化器系統から血液が流出していくためで、血液で出来ている唾液が出にくくなるから。そんなようなことを言っていた。

私は七十年も前の、自分の体験した事を思い出してしまった。
十代の終わり頃、地方都市で、某主催の弁論大会に出場した。
その日、私にはそこまで勝ち抜いてきた余裕があった。
大きな会場の満員の聴衆の前に立ったときも、緊張はそれほどでもなかった。
（聴衆はじゃがいもだと思え）を頭の隅において頑張った。だが……である。
たったの十分間ほど。これが凄く長い。意外だった。緊張が進んでいく……。
この時、猛烈な口の渇きに襲われた（水は置いてない）。
このままいったら、口が回らなくなるか、気が遠くなっていくかも……。
そんな中、私は演じきった。万雷の拍手……我に返る。結果は一等賞だった。
大勢の出場者の中でも、最年少で、女性であったことでさわがれた。
きっと、嬉しかったたし、面映ゆくもあったろう……。

余談だが、この事は翌日、地元のある有力新聞に出た。が、それを見て私は目を疑った。
なんと、最優秀賞に輝いたのは、二番手のS君で、私は、次席になっていた。

きっと、締め切りに間にあわずに記者の憶測で載せられたものだろうと、出場を渋る私を押し出した応援団の長が言っていたが、その彼も私も、新聞社に別に訂正も求めず、抗議もしなかった。S君は一等賞の常連だったのだ。主催者側も、間違って一番にされたS君側も、又、聴衆も、誰もが沈黙した。

終戦から何年も経っておらず、当時はそんな時代だったのだ。

小学生の頃から植え付けられたマスメディアへの不信感（戦時中、新聞、ラジオから毎日繰り出されたあれ程のウソ報道。あの大本営発表の虚構と共に、歴史に残るメディアの汚点ではある）。戦後、報道のあり様は一変したが、戦中のメディア権力の残滓。大衆もまだ若干、その麻痺を残していた。

番組を観ていて、忘れていた昔のちょっと厭なことを思い出してしまったが……。

少しして、私の思いは変った。

内気だった若い日の私が、多くの聴衆を前にしての弁論シーン……。

新しい紺のスーツに身を包んだ私が表彰状を受けとっているシーン……。

忘れていた、こんな懐かしい思い出が帰ってきてくれただけで嬉しい。

いま、いとおしい気持ちで……十代の私に、九十歳の私は拍手をおくる。

私の青

交通信号の緑を、何故「あお」と言うのかと、外国人が指摘したという。

言われてみれば「ああ、そうか」と思う人が多いそうだ。

私もそれまで、ほとんど気に留めたことがなかった。

なにしろ、私の子供の頃は、緑という言葉すら存在しなかった。

（緑）の物は全て「あお」といった。

もしかして、この信号の色の呼び方は、私の生まれる以前からのものではないかと思われる。

子供時代の記憶は根深く、今でも、少し気を抜いていると（緑と青）

実際の色分けは出来ても、言葉の上ではいっしょになってしまう。

脳トレのドリルで、「トリック色当てクイズ」というのがある。

問題の字の色で答えていく。例えば、青という字が黄色で、赤が緑色で、黒が赤い色で書かれていれば、その色の方で答えていくあれ。ところが私は、いつも、緑の処で少しつまずく。つい、「あお」と答えてしまいそうになる。

子供の頃に覚えたものがガンコなのは、緑＝青は、あまりにも環境に密着していたから。

往時、春・夏の甲府盆地の野は（青）に包まれる。

地上に広がる田園、野菜畠、桑畠、その間を流れる小川の青……。

仰げば、天井の青、四囲の山々の青……。

遠く近く野を囲む、家々の庭木、大小の林、鎮守の杜の青……。

昔にかえれば、今も私の中では、あの辺りは一面の青である。

白内障

五年前、八十五歳で、白内障の手術を受けた。

生まれて初めて手術台というものに（少し大げさ？）のぼった。

手術は十分か十五分間ぐらいか。初めは、少しドキドキしたが、先生の掛けてくれる声にだいぶ気がほぐれた。

「はい、いま古い膜を回収します……はい、レンズ入りますよ」

後半には（実況中継みたいだ）と、心に余裕ができていた。

一回目の片方右目の手術終了。

翌日、術後検査に行く。

検査のあと先生に結果を聞くと、検査結果は良好と告げられる。

その後、何回か通院するが、この先生はいつも熱心で親しみやすい。その洒脱な話しかたは、緊張ぎみのこちらの気持ちを自然に和ましてくれる。

手術の前後には毎回、娘が付き添ってくれた。彼女は、自宅から片道二時間をかけて来て、送迎もしてくれた事は、とても心強く、ありがたかった。

手術の翌々日には、スーパーへ買い物に行った。道すがらの路傍の生垣の花や樹々の色が、光彩を放っている。澄んだ空の青さと白い雲とのコントラスがなんともきれい。

スーパーのいつも見なれた商品たちは、その日いやにくっきりとした表情で、ラインナップしている。


一週間後に、もう片方の左目を手術して無事終了した。

その前の一週間の間に、既に手術を終えた右目と手術前の左目で見た、空の色を色鉛筆で記録した。

手術後の右目は、青い透明な空の色で、左目は白っぽく濁って黄色みがかり、それでも薄ーい青をベースにした空の色。

こっちの方になじんで、長年暮らしてきたのだ。

実は、初めて訪れたF眼科で、F先生に白内障の手術を勧められたとき、私は、少し抵抗した。

「先生、ちゃんと見えてますよ」と。

その時、私の頭にあったのは、その直前まで二、三年通っていた眼科で、まだ白内障の手術の必要はなく、そのタイミングがきたら病院を紹介する、と言われていた事と、その前に少し値の張った老眼鏡を買っていたのだ。

と、ここで再び私の頭の中は回転する。

（手術は多分、いつか聞いた事のある焦点手術というものだろう。だったら老眼鏡はそのまま使う事になる。新品の眼鏡も無駄にはならないかも）と。

後で思った。人間は、いや私は、こんな些細な事で大事なことを決めようとするのだ、と。

でも、手術は、結果オーライで、結局、老眼鏡はいらなくなったが。

嬉しくなって、私は誰彼に、目が良くなった事を言っていたが、ある時からピタリと口を閉ざした。理由は、いくら立派な病院で手術をしても、なかには、良く見えるようにはならなかった人もいると訊いたからだ。ごく稀な事らしいが。

今でも、本を読んだり、青い空や鮮やかな樹々や花を見るとき、ありがたいと思う。神様からのプレゼントだ、と。

そのとき、F先の声が聴こえてくる。

「あれ、二十六歳の目になっちゃったよ……」

ある時には、それが二十八歳になったりする……視力は変動するから。

先日、F眼科を訪れた。手術から五年が経過していた。最近、眼の痛みが続いたからだ。思えばこの五年間、眼を酷使してきた。良く見えるようになったのを良い事に、ブルーライトは浴びまくるわ、本を遅くまで読むわで無茶をしてきた。

幸い今回も検査結果は良かったのでほっとしたが。

その日、改めて、白内障の手術前後の写真をモニターで見て、その違いに、一緒にいった息子も驚くほど綺麗に治してもらったのに、私はつい当たり前になってしまっていた。いたく反省した。

今は、出来るだけブルーライトを浴びるのを抑えて、それでも、ネットの文字を読んだり、パソコンに向かうときは、ブルーライトカットの眼鏡をかける。時々は、目を瞑って休ませる。で、この処、目の痛みは一応治まってはいる。が、私は三日坊主の処があるから油断ならない。これまで、三日坊主を何回か繰り返して、軌道修正できたものと、そのまんまになっちゃったものもあるが、今度は、ちょっと切実な処があるので、心を入れ替えてやりたい。

三年間もさぼっていたが、これからは半年毎に目の検査に行くことにする。

今回、眼科へ行って手術前後の写真を見たことが、今の私の意識を変えた。

「もっと目を労ろう」と。

水陸両用バス

水陸両用バスというのに興味があって、初夏の一日、山中湖へのバスツアーに参加した。

息子夫婦が一緒だから心強い。

七時四十五分、観光バスは、我が町から山中湖へ向けレッツゴー……。

途中、立ち寄った談合坂を出て……。

山中湖へ近付くにつれ、雲の間から富士山が、右へ左へ、前へ後ろへと、場所を替えては立ち現れる。

近くで見る富士山は迫力がある。

甲府盆地のほぼ中央に位置する我が古里からは、富士山は、下の山々の上の方に、上部だけを現していた。

富士山の、上のほうだけを眺めて育った二十二年間。

しばし思い出に耽っているうちに、山中湖へ到着。

いよいよ本日の目玉、ＫＡＢＡバスに乗り換える。

バスは、湖周辺の森の中を巡る……。

最後は、随分と細い迷路のような路をぐるりと器用に廻りこんで湖岸へ。

車内から期せずして拍手が起こった。

湖岸に着けたバスは、息を整えるような数分間のあと……車体をスーッと湖に滑りこませていった。


水しぶきを上げて突き進む様を近くで見ると、初め少し怖かったが、やがて爽快感に変った。スリルも感じる。湖を渡る微風も快い。

空の藍《あお》、湖《うみ》の藍に囲まれて、バスは、ひた走る。

砕け散る波頭が陽にきらめく。

傍らを覆ったビニールに盛大な水しぶきがかかる。

三十分、ひたすら前進すると見えたが、じつは、湖を一周していたのだった。後で気がついたら、富士山の姿が、ぐるりと回りに位置を替えていたのと、船が、いやバスが元の場所に着いたので分かった。

上陸したバスは、次の目的地に向けて走りだした。

房総半島へ　バス旅行

アクアラインの海底トンネルを抜けると、そこに海ほたるが待っていた。

その、海上のパーキングエリアにバスから下り立って、ここで初めて、房総の空を仰ぐ。青空に薄っすらと幾すじかの雲がたなびき……、海は青色のさざ波に揺れている。

あの雲が海に、海の水が空に居たかも……なんて、海の上に居ると思ってしまう。

海ほたるを出発したバスは、今度は、木更津に向けてアクアブリッジ上を走行する。映像でよく見る美しいラインの橋。東京湾を真横に突きぬけて渡る。

橋を抜けると、大小の山々に囲まれた房総の風景が出迎えてくれた。

意外に近く、里山が多いのに驚いた。

その低山に囲まれて、絵のような佇まいの集落が展がる。

同じような光景を繰りながらバスは進む。

私たち一行を乗せた観光バスは、はちみつ工房に立ち寄り、蜂蜜絞りの工程を見学して、蜂蜜を試飲させて貰い、何本かを購入して、次なるスポットへ。

大福寺の崖観音に到着。

見上げると、船形山の中腹、切り立つ崖から突き出たように建つ崖観音堂。その朱色の建物は、オーラを放って　私の目に飛びこんできた。

千年の昔は然《さ》こそと思わせる佇まい。その観音堂を仰ぎ見ていた私は、ぜひ観音さまを拝顔したいと思い、石段を上りはじめた。

百段余りの急な狭い石段は、人の流れに乗るので、マイペースでゆっくりなんてわけにはいかぬ。最後の五段ほどで、とうとう息子の手に縋って引き上げられた。

堂の外廊下に立って見る館山湾は絶景であった。その素敵なパノラマを眺め、観音様のお顔を拝見し、参拝できて良かった、と思っていたら、いつの間にか動悸は治っていた。

食事処を出た後はみかん狩りのスポットへ向かう。

さほど広くない畠のみかんの木は案外低木で、その木々に、たわわにミカンがなっている。

私は、ミカンの木は偉いと思った。

私達の前に既に三組のツアーがやって来て、もぎ放題、詰め放題をやったのに、それでもミカンはまだ沢山なっている。枝もくたびれないかと思うほど。

その後、買い物の寄り途をし、一行を乗せた観光バスは帰路についた。

再び、海ほたるに立ち寄り、アクアラインを抜けて東京へ……。

道中、海の向こうに沈みゆく大きな夕日を眺めながら……。

こうして、十二時間近くにおよんだ日帰りバス旅行は、快い疲れを残して楽しく終了した。

(これは晩秋の、新型コロナ発生の一か月余り前の行楽の一日であった)

叔父さん

子供の頃、父の弟である叔父は、町の家から田舎の私の家へ、よく、自転車でやって来ていた。

叔父は変った人で、町で和菓子屋をやっており、同時に華道の教師もやっていて、結構店も繁盛《はやり》り、週に一度だか二度だかの華道教室の方にもかなりのお弟子さんが出入りしていた。

又、叔父は編み物などが得意で、私にも帽子やレギンスなんかを編んで持ってきてくれたりした。子供好きで、わたしもとても可愛がられ、世話をして貰った。兄と私の爪切りは、叔父の役目のようになっていた。又、私達の下駄の鼻緒がゆるんでいないか、点検したりしていた。

私の乳歯がぐらついてくると、その歯に糸の先を結んで引っ張って抜いた。そんなとき、不思議に私は、いつも泣かなかったという。

或る晩、叔父が珍しく、私の家に泊ったことがあった。

私は時々、寝る前、母にねだって本を読んで貰ったり、母にお話（多分、母の作り話）をして貰っていた。

その日は、叔父が代わって、御伽話をする役目をしてくれた。

「ある山ん中の一軒家にお爺さんとお婆さんが住んでおってなあ……」

「またおじいさんおばあさん?……」

「まあ聞け。そこへ、道に迷った若者が『ひと晩泊めてください』とやって来た。爺さんと婆さんは、その若者を気持ちよく泊めてやった。

その翌日の明け方、若者は、隣の部屋でひそひそと話す爺さんと婆さんの声を聞いてしまった。

爺さんが『半ごろしにすべぇか』と、婆さんが『いんや、たたきでよかっぺ』『なじょすべっか』

隣の部屋で横になっていた若者は　震えあがった。

（やっぱりな、おかしいと思った。見知らぬ人間を親切に泊めてくれて、ゆんべは、菜っ葉の漬物に味噌汁、めしまで振舞ってくれるなんて……）

そんで若者は、こっそりと身支度をして、そうっと逃げ出そうとした。

だが少し気になって、間の戸をそっと開けて内の様子を見ようとしたら、戸がガタンと音を立ててしまった。

爺さんと婆さんが、こっちを見た。

（ひぇ！）

そして二人はにっこりと笑った。

（気味わりぃ……婆さんのお歯黒がー）

ガタガタガタガタ……。

『お急ぎかね?』『じゃぁ早ぅせんと』

（ひぇ！……）

『ご、ご、ごかんべんを……』

婆さんが、『鯉は好かんかね？』と若者に訊いた。

見ると、包丁が乗った俎板の横に籠があって、でかい鯉が一匹入っている。

『爺さんが朝早くに、生《いけ》すからこいつを掴んできたさ。ゆんべは、何んも旨いもん出せなかったでな』

それから間もなく、若者は、朝げの膳の前で美味しい鯉こくを馳走になった。

そして、山からの出口の道を教えて貰って、爺さんと婆さんに見送られて、また旅をつづけたとさ……」

叔父さんの話の途中で、私は眠ってしまったらしい。ほんの初めの処しか憶えていなかった。

あの時、障子ひとつ隔てた隣の部屋で、母が針仕事をしながら聞いていて再現してくれたものだ。その後、よほど興味をもったのか、私が母にねだって何回も訊き出し、完結した話だ。

母は、「子供の寝しなの話に、半ごろしとか、叩きとか、高さんもねえ……」と、自分の従兄妹でもある叔父の事を、父に笑いながら言っていた。

小学校の低学年の頃、好きな叔父さんの事を、同級生の男子生徒に「女おっちゃん」とからかわれて、その子と喧嘩した。泣きながら、かかって行ったという（後にも先にも、私には、友達と大喧嘩した記憶が無い。それは、今でも）。

叔父さんには、妻がいたが子供がいなかった。

「あんたを養子に欲しがっていてねえ」と、ずっと後になって母から聞いた。

父も母も、多分、苦しい断りを続けているうちに、或るとき叔父は、私より数歳ぐらい上の男の子を自転車の後ろへ乗せて連れてきた。

「こんど、うちの子になるんだよ」と、叔父はにこにこしながら言った。

その従兄妹は、その後も時々、叔父と一緒にやってきて、私に少し勉強を教えてくれたりした。その頃は、県下で最も難関とされた中学校に入っていた。

将来は教師になるようなことを聞いていたが、終戦の前年に応召し、その翌年、二十二歳だったかで戦死してしまった。

叔父が、（骨壷の中には石ころしか入っていない）白木の箱を前に、涙を堪《こら》えていた姿が……今でも思い出すと切ない。

頭を青々と刈った従兄妹が、出征の挨拶に私の家に来た時、私の頭を撫ぜながら、笑顔で「勉強、がんばれな……」と言った声。

「ある山ん中の一軒家に……」叔父の声。

目を閉じると、二人の声が、胸の奥からジーンとこだまのように響いてくる。

婚活の　今・昔

以前、テレビでＡＩが婚活に介入する話をやっていた。

なんでも、当事者ふたりに十個とか三十個とかの質問をして、それでもってＡＩお手のものの分析をして、相性が良いかどうかを探るのだという。

「あゝ、これって案外いいかも」なんて無責任に思った。

昔、私の伯父に、沢山の仲人をした伝説の人物がいた。その数知れない縁組の中で、離婚したのは、一組だけであった。その組は、父が片方を繋げたもので、「お前に任せすぎた」と、温厚な伯父が、弟である父にポツリと言った。

伯父のリサーチぶりは徹底していたようだ。その体を張ってのやりかたを、父母の会話でこっそり聞いたのを断片的に憶えている。

人望が厚かったので、協力者も大勢いたということだ（人脈ネット）。

彼の手腕もさることながら、昔、離婚が少なかったのは、夫婦は協力しなければ一家は立ちゆかなかったのだ。

更に言えば、生きてはいけなかった。

だからこそ、仲人は慎重に、気合いを入れて良き縁組の為に尽したのだろう。

嫁・姑の小競り合いがありながらも、離縁という選択肢は無かったようだ。


村人同士も、互いにタッグを組まなければやってはいけない時代だった。

水田の水争いなどの揉め事とかは多少あったが、農道の整備とか諸々、何かにつけて仲良く協力し合った。

村社会は、相互扶助の精神が強く、生・老・病・死、といった人生の通過儀礼にも互いに深く関わり合い、若者の結婚を纏めるのもその一つだった。

だから、年頃になると周りの大人達の目が、それとなく若者に向けられる。

「礼儀正しくしろ」と、吾子に言う親もいたようだ。

私の青年期には、もう　見合い話は半減していたが、その頃から、チラリとどこ其処の離婚話も耳に入ってくるようにもなった。


伯父はというと、大切な一人息子に戦死されてしまい、気丈に振舞ってはいたが、それだけに、心の奥の悲しみが感じられて、私は、母につられて泣いた。

縁結びの神と言われ、手弁当で人様に善行をしてきたのに……と。

伯父は、その後はずっと、三世代の家族と共に穏やかに暮らしたという。

戦死した従兄妹のお嫁さんは素晴らしい人だった。私は子供心に、日本一のお嫁さんだと思った。

「お義母《つか》さん、おっかさん」と姑に呼びかけていた声は、今でも憶えている。小さい頃、よく遊びに行っていた私ら兄妹にもいつも笑顔で話しかけてくれ、馳走してくれた。今更だが、子供とは言え、平気で厄介になっていたかと思うと申し訳なくおもう（そっちのほうの近所の友達ともよく遊んだ）。

優しいおねえさんと、いつも縁側に座ってニコニコ出迎えてくれたお婆《ばあ》の居る家へ、つい足を向けてしまった私たち兄妹。

その、働き者で心優しい彼女を支えていたのは、勿論、彼女を大事にした家族の存在もある。

彼女は、九十代半ばまで　穏やかに過ごされたと聞いた。


昔の農家の嫁は、家の誰よりも早くから起き出して、大家族の朝食作りや、弁当作りなどから始まって、家事全般をこなし、自身も農作業に出る。夜は、家族の衣類の繕いものなどして最後に床に就く。家電の無い時代、冬の凍てつく日の炊事、洗濯などは、日曜日にしかやらなかった私でも辛いものだった。

勿論、夜なべは、男衆だってしてした。土間で縄を綯ったり草鞋を編んだりしていた。

子供達だって大忙しだ。一軒に五、六人の子供は普通にいたので（七、八人もそう珍しくもなかった）、上の子が下の子の面倒を順にみていく。農繁期には、農作業にも重要な一員として駆り出された。


いま考えると、私は幼小期に、封建時代の名残りのような、その最後の場面を、村の一般の家に見てきたように思う。

また、幼小時代の思い出の風景の中に、縁側の日溜まりの中で、座布団にちんまりと座ってお茶などを飲んで日なたぼっこしている老女の姿がある。

あちこちで見かけたが、何故か、お爺さんではなく、お婆さんなのである。

その、元お嫁さんたちは、夫の両親や夫を見送って、子供、孫世代の家族たちに大事にされて余生を送っていたのだった。

方々の友達の家に遊びに行くと、みんなニコニコしていた。中には、お歯黒のおばあさんもいた。煙管《きせる》の煙草の灰をポンポンと煙草盆に打ちつけて落としている図なんぞ、それらを、子供の私が興味津津の眼《まなこ》で見ていたであろう姿も浮かぶ。

そんな処にもあった、こんな処にも、世の中の大きな移り変りようを……。

この目で見たきた。

極く一部分かもしれないが……。

好きではないが　好き

朝、洗濯機を回し、掃除に取りかかりながら、先日、息子の言ってた事を思いだし、可笑しくなった。他愛ない会話の流れの中で、彼が言ったのだ。自分の連れ合いは、お洗濯が好きでよくやる、と言うようなことを……。

そして「でも、洗濯物を乾すの、キライなんだって」

「そうなんだ」と私。

「乾し上がった洗濯物を畳むの、もっと厭なんだって、面倒で……」

「はあん？　それで洗濯好きだってか……」と　その時は、軽く流していたが、今、床にモップ掛けをしながら思いだした。

（あれ、分かる気がする）

実のところ、私は元々掃除は好きなほうではない。が、汚れた部屋に居るのはもっと厭だし、清掃してきれいになった部屋は居心地がいいから掃除していた。

要するに、私も嫁も、（結果が好き）なのだ。

仕上げの心地よさは　プロセスの面倒臭さを上回る。
今の私は、働く嫁と違って暇もあるし、気ままにのんびりやれる。で、毎朝の習慣として一応、部屋の掃除をしているが、磨き立てる程はやっていない。自分が居心地が良ければいいので、見せる部屋という気はないから、朝、掃除はするものの、すぐに身辺は、メモした紙だらけ（メモ魔の処がある）。色んなノート、本などでと散らかる。

いつだったか、ある脳科学者の先生から、面倒くさい事をやるのは、脳にとても良い事なのだ、と聴いた事がある。

人間の体は（脳も）、少し気を抜くとさぼる癖があって、それを放っておくとニート化して、脳や体をどんどん衰えさせ、駄目人間になってしまうという。

で、面倒くさいことをやれば、脳の活性化につながり、達成感が生まれる。

それが自分への報酬となり……。後の方の小むずかしい話はさて置き……。

それを聴いてからの私は、面倒くさいな、と思ったら、「活性化！　かっせー……」といいながらやっていたが、それでも、非日常の出来事とで、やらねばならぬ事は、ちょっと気が重い。

それを「そうだ、いっそ愉しんじゃおう」に、変換するようにしてみた。

すると、ハードルが少し下って、気が楽になり　すうっと入り易くなる。

又、思いきって出掛けてみると楽しいものだし……。

多分、（惰性）にも乗って、「ちょっと　面倒《めんど》いなぁ……」と「やったぁ……」を、明日もまた、繰り返しながらやっていくのだろう。

ことわざ

昔の人は、よく諺を使った。

私達の年代は、諺は、各種の格言と共に、成長の過程で慣れ親しんできた。

昔のお正月には、羽根つき・凧揚げなどと共に、かるた取りは、年の初めの風物詩の一つであった。

いろはカルタは、ことわざのオンパレードであったし、大人達は、子供らに、よく諺を使ってお説教を垂れた。諺って判りやすいし、耳に慣れているので、子供らは神妙な顔をして聴いていたものである。

そういうわけで、吾々の成長の手助けもしてくれた夥しい数のことわざ。

その中の幾つかは、我が身の周りに、いつもなにげに居る。

そう、わたしの座右の銘のように……。

シンプルだからこそ、長生きしている私のことわざ達。

例えば、少し、わたし的の解釈を入れてみれば……。

（笑う門には福きたる）幸せだから笑うのではなく、笑うから幸せがくる。

（病は気から）メンタルの在りようが、健康を左右する。

（口は災いのもと）言葉は勝手に歩きだす。不用意な事は言わない。

（人事を尽くして天命を待つ）やる事をやって、後は天に任せる。

（足るを知る）実は恵まれているのに、つい不足を……。不足は言い出したらキリがないし、やがて萬《よろず》の不満に通ずる。

（良薬、口に苦し）他人様の忠告とかは耳に痛いが、真の言葉は、先々己の為になる。

（百聞は一見に如かず）この目で見て実感する、生きた感覚を……。

（論より証拠）今様に言うと「エビデンスで示せ」という事か。根拠の無い事は、言わない・

聴かない……。

（井の中の蛙、大海を知らず）実は私もそう。知っている事はほんの僅か。一つを知って、知った気にならない。

（人は考える葦）葦は弱いが考える事が出来る葦……人間。

（他人は己を写す鏡）昔、親友に彼女の癖を注意しようと思っていたら、先にこっちの、同じような癖を注意された。吾と他人は、違っていて、同じような処も持ち合わせていて、違う者同士。

（七転び八起き）人は挫折して強くなる。学習すれば……。

（艱難、汝を玉にす）苦労は人を磨く薬（プロって、何回も失敗を重ねて練達した人、の事を言うのだそうだ）。

（言わぬが花）自分への戒め。余計な事を言わない。

（十人十色）人は姿形が違うように、精神構造も異なる。その多様性を忘れず。

これらの私の諺たちは……わたしの座右に居て……いつも　師となってくれている。

ことわざは、昔から人々に、言い慣され、親しまれているが故に教訓となる。

触れ合い

人と群れることの苦手な私は、なぜか挨拶が好きである。

おなじマンションの人とは勿論、お隣りのマンションの顔なじみの人ともよく挨拶を交わす。買い物にスーパーへ行く路の途中にある会社や、施設の人とかとも顔が合えば挨拶する。又、知らない人とでも、狭い歩道ですれ違う同年配ぐらいの女性と会釈をしあう事もある。

昔の農村に生まれた私は、村社会の中で、村人たちは、互いに誰れ彼れとなく挨拶をし声をかけ合う。そんな中で育った。

また、家に久しぶりに訪れた客を迎え入れたとき、母と客は、畳に両手をついて、米搗きバッタのように、何度も何度も頭を下げ合って挨拶を交わす。その合間に口上を延々と述べるのである。

その間、子供の私は、傍らで神妙な顔をして、客の持参したお土産の中身なんぞをもっぱら考えていたものである。

この、七面倒《しちめんどう》な昔の村人達の礼義は、長ずるに及んで、私の心の中に、芯の部分だけが残り、「人とは、一定の間隔を保って礼儀を重んじる」そして、いざとなったら助け合う。これが、ずーっと私の中にもあるような気がする。

私は、日本伝統の武芸の試合で、試合の前後に、対戦相手が向かい合ってお辞儀をし合うシーンが好きである。

礼に始まり、礼に終わる、日本の武道の精神。

対峙する両者の、こもごもの思い、緊張感がこちらにまで伝わってくる。

いま私達の環境は、グローバルの波に浸されているが、そんな中でも、日本のサービス業の人、乗り物など、その他、公の業務に携わる人達の、客や利用者に対する親切丁寧な対応ぶりは、世界になだたるものがあるという。

老境にある私は、人とそう向き合う事も少なくなった。ビジネス絡みで若干あるぐらいだが、周りはみな親切である。

病院へ行っても、スタッフや、診てくださる医師《せんせい》がたも、真摯に向き合ってくれる。

買い物に方々のお店に行っても、気持ち良く利用させてもらっている。

公のサービスでは、私は、週に二回の「見廻り、見守り」というので来てもらっているのと、緊急時には直ぐ対応してくれるサービスも受けている。

これって多くの人達の力を戴いていることになる。ありがたい事だと思うと、これからも、なんとか体に気をつけて、死ぬまで元気に？　していたい気持ちになる。


本を読んで感動したり、何かに共感出来たとき、私はそれらにふれ合う事になる。

ふっと感謝の気持ちが湧くとき、私はその人たちに触れ合う。

誰かに、何かに、触れ合うとき、なんだか豊かな気持ちになる。


先日、私は拠無い《よんどころな》用事があって、一キロほど離れた倅の家へ夜に出掛けた。

近いのに何年も訪れてなくて路に迷ってしまった。かなりの方向オンチで、似たような横道を出たり入ったり。

ケータイは故障していて（それが訪れた原因の一つ）、いいかげん疲労困憊してしまった。

何人目かの人に尋ねたら、その男性は、戻って一緒に探してくれ、マンション名まで確かめてくれた。

本当に助かった。三月半ばとは言え、未だ肌寒く暗い中で、その人は暖かいものを私に下さった。

教養

最近、「教養」という、およそ私には似つかわしくないワードが頭にひっかかっていた。

きっかけは、ある処の首長が、国の政権の長に対して「教養の無さ……云々」と抗議だか攻撃をしていた事によるらしい。

私の中にある「教養」の概念は、「学問を授かり、身につけ、人格を高めていく」知識と品格とはセットなのだ、と。

この私の認識でいくと、あの言辞をもって相手を謗《そし》ったあの首長さんのほうが、あの点では教養にかけている事になると、私は勝手に結論づけて、自分の頭の中のひっかかりを下した。

私は、主張というのは、普通の人が理解できるもので、他の人のことも考えたものでありたいと思う。もし、それぞれが自分勝手な主張を繰り返していたら、この共生社会は成り立たない（建設的な提案はおおいにして欲しいとおもう）。

私の子供時代は、戦時中でもあって、奉仕、奉仕とさかんに言われ、かりたてられてきた記憶が強いが、根性とか忍耐をベースにした当時の国策に添った強烈なことを言う熱血教師は、小学校、女学校に各一人ずつほど居て、声を張り上げて檄を飛ばしていたが、他の先生は普通に授業をしていて、みんないい先生だったと思う。学校は勤労奉仕以外は楽しかった。

ただ、国力ファーストの一律的な教育方針は、子供の自我の芽を育てるものではなかったと思う。

大人の心的環境もそうで、例え息子が戦死しても、親は泣いてはいけないのである。

戦後は一転、個人主義が推奨され、履き違えて利己主義へと移行して行く人もいて、自己中、などの言葉も流行った。

世間には、人を平気で傷つけたり、辺りを搔き廻したりする人もいる。意図してかどうか分からないが。

人間関係で悩んだり、それが元で心を病んでいく人もいま多くなっている。

今、私達の身辺には、いかに効率的に要領よく生きるか、のノウハウのようなのが氾濫し、自己啓蒙的な本も増えてきていて、又その類《たぐい》の話も方々で発信されているが、でも個々の問題として突き当たる諸々の悩み事は、それだけでは解決できない。

それらを大いに参考にしながら、やっぱり、一番知っている自分の事は自分なりに学び、自ら考えて準備していかなければ、行き詰まってしまう。それは老いが深まるにつれ、痛切に感じる。

「教養」という字の如く（学び、それで自らを養う）、この作業は、不断に、生涯にわたって続けていかなければならないものと思う（自戒をこめて……）。

人や物や自然から、身辺で見たり聞いたり読んだりして、興味を持ち、感銘を受けたものを自分なりに取り入れていく。

残された時間を、少しでも心豊かに生きるために。

憂《う》き事の　なほこの上に積もれかし

七十五年目の終戦記念日を迎えて、ふっと心によぎるものがあった。

あれは、終戦の三か月ほど前か、その時、正に沖縄戦たけなわであった。

私は友達の家に行って、彼女の勉強机の上の壁に貼られた標語らしきものを見て驚いた。私も全く同じものを、机の傍の壁に貼っていたからだった。

それは、昔の和歌であった。

「憂き事の　なほこの上に積もれかし　限りある身の　力試さん」

その時、彼女の墨痕あざやかなそれを、私が目にした事を彼女は知った筈である。だが、ふたり共、その事には触れなかった。

あまりにも大きな事は、人は軽々に口にしない（が、戦後に色々と話しあって、その時おなじ考えであったのを知った）。

目の前に迫りくる「本土決戦！」二人の頭の中には、このワードが大きく占めていた。

他は知らず、この十四歳の二人は、死を覚悟の運命に立ち向かう事をそれぞれが決めたのだ。超負け戦に萎えそうな気持ちが憂き潮に流されぬよう心をしっかり持とうと。自分で鼓舞しなければ先に精神がやられてしまう。

学校の先生の言うように、敵に竹槍を持って立ち向かう。そんな事、生徒は誰も思っていなかった。子供の方がより現実を見ていたが、口にはしなかった。

戦争も終わり、社会に出て働き出し、様々な辛いことや厭な事に出会うと、私は、あの少女の頃の心境を思い出して、「こんな事は小さな事だ」と考えて、逞しく？ やってきた。

その後の長い年月の中で、平和ボケしてしまった私。

遠い昔の、少女の頃のせっぱ詰まった想いなどすっかり忘れていた。

このコロナ禍は、暑くなれば少しは治まってくれるかも、そんな淡い期待も虚しく、コロナ感染はやまず、そこへもってきて、この猛暑である。

コロナと熱中症のWリスクの続く中で、「試されてるようだ」と思ったら、あの遠い日に置き去ってきた、件《くだん》の和歌を思いだしてしまった。

「精神をしっかり持たなければ、そこから自分をダメにしてしまう」

憂き事よ、来たらば来たれと悲壮な心構えをもった少女の私。

その私は今、目の前にいる憂き事ども（コロナ&熱中症）から、いかにして逃れるか、逃げの一手に、老いの知恵をめぐらす日々である。

姉

今日、姉の入所する地方の老人介護施設からの便りが届いた（姉の家を経て）。

私の六歳上の姉は、十か月前に倒れて、今年一月からその施設にお世話になっている。

送られてきた写真には、右手で筆を持ち文字を書いている処、ぬり絵をしたり、なにやら七夕様の飾り付けをしている姿が写されている。

表情がいい。そこには、姉の持ち前の前向きさが感じられ、改めて私に、姉の事を思い出させる一日となった。

姉の子供時代からのトレードマークは眼鏡。当時の小学生にはとても珍しく、小柄な体にメガネをかけていた（私の級では、近視の子がひとり居て、その子は検眼の日に、決まって泣いた。勉強がよく出来る子だった）。

私は、姉の近眼は勉強のし過ぎだと思っていた。近視には縁が無く、勉強もロクにしてこなかった自分に鑑みてそう思った。

姉が六年生のとき、夜、学校の教室で、受験する子が何人か集まって、ほの暗い電灯の下で特別授業を受けている処を見たことがある。その夜、私は当番のおやつのお菓子を差し入れに行く父に、くっついて行ったのだった。

私が十二歳の時、女学校の入学式の日、ＯＢである十八歳の姉が着物姿で付き添ってくれた。姉は、ひとりの恩師に、私を「妹です」と紹介した。

先生は、「あなたの妹さんならきっと優秀でしょう。なにしろね、姉さんは級でいちばん……」と、後のほうは私を見て言った。わたしは思わず、お辞儀をするふうを装って俯いた。なるべく、顔を憶えられないように……。

姉は頑張り屋だ。それはずっと続く。

四人の子供を育て、(姑のいない) 大家族の世話を。と、ここまでは当時は珍しくもない普通の家庭。姉は、その上に、家業である土木建設会社の経理をこなし、少なからず出入りする人々の、時には飲食も伴う対応など、その多忙さを母から聞いていた。

子育てが一段落したころ、舅が倒れ、十年以上、ひとりで在宅介護をした。当時は、今のような家電もあまり普及しておらず、不便な時代だった。

私が感心するのは、私も母も、その姉から一度も弱音とか愚痴とかの類《たぐい》を聞いた事がなかった。後年、私は姉に訊いた。「大変だったでしょう?」と。

彼女は笑いながら、「子供をね、背中にくくり付けてたの。十年ぐらいは続いたかなぁ……」そう言っただけだった。

そう言えば、私が小っちゃい時、姉が私を背負っていたと、近所の人から聞いた事があった。まさか、六歳下の妹を背負っていたって、本当だろうか? と思って、姉に訊いたら本当だった。私は申し訳ないと思った。

なにもかも、姉には叶わない私が、ちょっぴり優位? なのは背の高さぐらいだった。それが一時的にせよ、伸び盛りの子供の頃……。ちょっと後ろめたく感じたときもあった。

私達姉妹は、多忙人生の宿命を負って生まれてきたのか、それぞれがいつも忙しく、かなりの疎遠が続いていた。母の存命中は、よく母を介して互いの情報を受け、また渡していた。

私がリタイアしてから少し逢ったが、あとは、よく電話で話をした。電話の向こうで、姉はいつも明るく楽しそうで、それは、私にも伝染した。たまに、足が痛いの、腰が痛いのとかは聞いたが……。

何年か前には、仲間とのグランドゴルフの様子や、カラオケ、みんなで繰り出した日帰り温泉行きの事など、面白おかしく話してくれた。

近い処では、もっぱら、ミニデイでの楽しい様子をレポートしてくれた。とても楽しそうに……。

「今がいちばん幸せ」と、よくいう。

「朝、起きると、ああ生きている」と思えるとも。

姉の言葉にはいつも、他に向ける感謝の思いが滲みでている。

これまで私は、姉から他の人の悪口を聞いた事が無い。

私は、長寿の鍵は、人を謗《そし》らない、感謝、今を楽しむ。これが、よってもって大きいのではないかと思う。まさに、姉が実践してきた事だ。

老境も超後期の方にいる私達、心身の衰退の進行は如何せん止めようがない。残された時間を楽しく過ごしていきたい。これからも　多分わたしは、姉の背中を見ながら歩いて行く。子供の頃のように……。


姉の背、子供の頃、で、昔のこんな事を思い出した。

子供の頃、姉と手をつないで野道を歩いていた。親戚へ行く途中だった。向こうから、スーツをきちんと着こなした神士がやって来る。その時、二人に同時に恐怖が走った。

（人浚い！）

今、そんなこととても信じられないだろうが、その時は、その男性の姿は、当時の牧歌的な風景の中で奇異に映ったのだ。

私と姉は、とっさに畦道に避けて固まった。男性は歩を弛めながら、「通りなさい」と、柔和な表情で、私らの往く手方向に手を伸ばした。

畦道によけた時、姉は瞬時に私を後ろに庇った。私は姉の背にしがみついた。いつもそう、何処へ行っても、私はいつも姉の後ろに影のように居た。

時が流れて、今、遠く離れて暮らしていても……。

ふっと気がつくと、いまでも姉は、私の前にいる。

手

石川啄木は、

「働けど　働けど我が暮らし　楽にならざる　じっと手をみる」

と詠んでいる。啄木の嘆きが伝わってくる。


ところで、手に纏わる言葉は多い。

手腕、とかやり手、その手を使う、などの人間の力量を問うものから、手癖が悪い、濡れ手に粟、などの悪いイメージのものまで。

（手）が入った言葉がこれほど多いのも、（手）がそれぐらい人の心を具現するツールだからだろう（他にも人体の別の部位、目鼻口や足とかを使った比喩も多いが）。

拡大鏡を通して、我が掌に目を当てながら、手相占いを見る。

ここにこういう線があると、何々運が良いとか……指の腹に俵線があるほど運勢が良いとか、書いてある。

「あったあった、みんなある」と喜んでいたが、これってシワか？。

でもやっぱり、レッキとした線だ、とこじつける。

九十年を共にした我が手。

手の甲は、太い血管が、古木の枝のように浮き出て這っている。

油気のない掌は、無数の縦横のシワで埋められている。

啄木のような嘆き節が全く無かったわけでもないが、それほど、ロマンチストでもなかった。

かえりみて、あまり褒められるような事もしてはこなかったが……。

この手を悪の手先に使う事もなかったから……。

いま、大手を振って歩いていられる。

もの忘れ　うっかりミス

もの忘れが顕になったのは、まず、固有名詞が出てこない、から。これはかなり前からじわりじわりときていたような気がする。

また、家の中で、別の所へ何かをしに行って、その何かをすっかり忘れる。

漢字が正確に書けていない、送り仮名もあやふやな処もよくある。が、読みのほうは未だかなりいける、と思うのは、少しぐらい自分を肯定してやらなければ……。

もの忘れをあげつらうだけでは、己が浮かぶ瀬もないと言うものだ。

日常生活の中には、忘れた、では済まされないものがある。火の始末、水・電気系統などにも注意を忘れてはならない。確認が大切。私はキッチンタイマーを、炊事だけでなく　浴室とかでも使うようにしている。

（有名人の顔が思い出せなくても、生活に困るものではないから）と、これはあまり気にしなくてもよしとする。でもこれ、あとから、ひょいっと、その忘れていた人の名前が出てくることがある。きっと頭の中では、その引き出しの中から取り出すなどの作業を律儀にしていたのかもしれない。ということは、「あの人、誰だっけ？」と思い出そうとするのは、脳に良いのかもしれない。

「今日は、何月何日、何曜日？」と、急に訊かれると、さほど日時に縛られる事のない生活を送っている者にとっては、一瞬戸惑う。

私が朝起きて、時計の次に見るカレンダーは、一枚の紙面に収められた一か月分の数字のラインナップ。縦横整然と、一日一日の数字は、一桝ずつの住所に収まっているようだ。

私はその中から、今日を拾い上げる。そして「今日は、〇曜日〇月〇日」と、共に過ごすその日の名前を呼ぶ。

今日という日は、過ぎてしまえば、もう永久に逢うことは出来ない。


ちょっとしたもの忘れ、うっかりミス。それらは大抵、ぼーっとしているか、上の空でやっている時で、気を入れてやっている時には案外忘れないものだ。

うっかりミス常習犯の私が言うのも変だが、これは、確信をもって言える。

というのは、すこし自慢めくが、私は、三十個とか、五十とかの単語（名詞）を憶えて、その場で言うことが出来る。でも、やるのは、年にほんの数回ほど。一度やると、何日も忘れず、もし翌日反芻しようものなら、一か月近くも頭に残ってしまうので困る。

これは以前、娘の前で（単語三十個）を一度、友達の前で（単語三十個）を、息子の前で（単語四十五個）を、一回ずつ披露したことがある。


若い頭脳だと、すぐに入力、記憶される事も、老齢になると、憶えたての記憶も、すぐ飛んでいっちゃうか、はなから頭に良く入れていなかったか。

単語記憶術では、ひっかけ記憶で、（何か、絶対忘れない身近にある映像）に順ぐりにひっかけて憶えるのである。

キーワードは、映像と、覚える対象のマッチング（私は六十個ほどのひっかけ基地を作っている）。

これが、脳トレになるかどうかは、甚だ疑問である。なにしろ、うっかりミスの多い人間がやっている事だからして。

自慢ではないが、私のちょいミスは日常茶飯で、昨日も、ブルーライトカットの眼鏡をかけてパソコンに向い文章を綴っていて、終わってから気付いた。ずっと眼鏡越しで画面を睨んでやっていた事に。

又、いつだったか、美味しそうに料理が出来上がって、最後に黒胡椒を一振り、のつもりがドビャーっと。なんと、ビンの蓋を全開にして振ってしまった。よせば良いのに、コショーが掛かっていないなさそうな処を少し食べたら、その時はなんでもなかったが、後になって、お腹がしくしく痛んで、こっちの方が参った。

もう何やってんだ、この私ぃ！　と舌打ちすることも度々。こんな微細なうっかりミスは日に一度ぐらいはありそう。

でも、若干の反省もある、小さなミスは、「あらら！」ぐらいで、すぐに許容してしまう自分もいるから……。

一方わたしには、いやに慎重な部分があって、大事だと思われるそっちへ重心が傾いちゃってるのかな、なんて都合よく考えてもみる。

で、日常に於いての重要事項である、火の始末とか、その他、忘れてはならない事は、確認するのをちゃんと習慣づけている自分もいる。


年取る毎に、脳の機能も低下していくが、老化現象だから仕方ないと、そうそうに諦めないほうがよいと言う。たとえ九十歳になっても、脳の海馬とか刺激すれば新たな細胞を増やす事が出来るのだそうだ。我々の脳には、加齢に抗する力があって、高齢になっても、それ迄に蓄積されたもの、それを修復する力、一部の機能低下を補って他の部位を活用させることができる。

それらは、健康的な食生活、適度な運動、脳への刺激によって保つ事ができる。

そうすると、年取ってもその能力を向上させる事も可能になる、という。

未だ、何とか　道は残されている（条件つきで）。

私も、あまり気張らず、小まめに体を動かすとか、食にも気をつけて、色々工夫しながらやっていこうと思う。

もの忘れを気にする前に。

もう一人の私

私の中には、もう一人の私がいる。

いつもは、じーっと黙って私の動向を窺がっていて、ひょんな処で顔を出すのである。

今日とて、スーパーのレジ前の列に並ぼうとした時、「ほら、前の人と近付き過ぎ、ソーシャル△×○……」私は急いで二、三歩後退すると言った按配。

昨日も病院の窓口で、保険証を提示する時、去年のを出して澄ましていたら、「ネェネェ、違うよ」と教えられて、慌てて取り替える。

私には、慎重な部分とせっかちな処が昔からあって、時には、考えるより先に行動しちゃうような事もする。そんな時、前者を担っている相棒は、「ちょい待った!」と、そこに気持ちを入れさせて、注意を促してくれる。でも、その肩たたきが間に合わない時もある。

かなり昔の話になるが、私は年に一度、郷里へ墓参に行っていた。

その日も墓参りの帰りで、電車で、甲府駅から新宿駅に向かうつもりが、逆の長野県の塩尻駅までノンストップで行ってしまった。出発する甲府駅に着いた途端に、中央線のベルが鳴っている。勝手にせき立てられて、ぴょんと車内へ。発車間際の滑りこみで、気がついた時には、電車が滑りだしていた。

まだ携帯電話が無い時代で、実家の母と、東京で待つ子供達にエラく心配させてしまった。

「墓参りに行ったきり、母《かあ》ちゃんが夜中になっても帰って来ない」

まさか、亡父《とう》ちゃんに連れていかれちゃったんじゃあ……。

本人は、一つ目の駅でUターンを、と思った途端に当てが外れてがっくり。

こればかりは車掌さんだって、言われても、どうにかなるものでない。

「腹を据えろ」と、この時、我が内なる相棒は、いやに命令調で言う。

私は、窓辺に腰を落ち着けて、流れ往く夕間暮れの田野や、山の中腹にポツンポツンと点在する人家の灯など眺めて、それはそれで旅情を味わった。遠い日のことである。

ご意見番でもあるわが内なる相棒は、日常茶飯事にも目をくばり、管理してくれているようだ。体を動かす加減とかも、「少しオーバーになってる」とかなんだかんだと、さりげなく注意してくれる。

でも、急に勢いづく時がある。それは、文章を書いている時だ。この本のための文章を書いていると、頻繁にダメ出しをしてくる。昔の記憶のズレを言い、文脈の矛盾とか諸々を指摘する。パソコンから離れている時でも、唐突に「あそこ、直したほうがいいよ」とくる。

だから、この小本は、私の内なる相棒が、あれこれチェックを入れたりして、加勢してくれて、纏められたものだ。

「わが心の声を聴けよ」とある中世期の文人が言った。

そう、私も、このもう一人の内なる相棒と、渡り合ったり、妥協したりしながら……、生涯のエンディングまでの道行きを共にする。

ある　切ないニュース

ひと昔前、一人の女の子が、外科医を目指して母親と二人三脚で頑張ってきた。

その女性は、外科医にではなく、看護師となった。

三十一歳になった娘は、その母親を殺害し遺棄した（バラバラにして）。

本来なら、患者を救うためのメスは、母親に向けられてしまった。

その優秀な頭脳をもつ女性のメンタルは、何故壊されてしまったのか。

ニュースでは、細かい事情は分からなかったが。


人は、幼小期から学校時代へと育つ過程で、〇〇（職業人）になる為にとて、他の大切なものを犠牲にすべきではない。

育ちいく段階においての、色んな楽しさを存分に味わせるべきだとおもう。

勿論、勉強の楽しさも含めて……。

幼少期、子供時代のトキメキ体験は、その後の、その子の心的成長に大きく寄与するという。

子供のメンタルを豊かにさせる手伝いは、親は勿論のこと、周囲も出来るだけ配慮してあげたい。

何処の子にも、誰に対しても、心無い言動をするなどは、勿論さけるべきだが、子供が悪さや危ない事をしているのを見たら、そっと注意をする事もしたいとおもう。温かい目で。

子供や、若い人の自死事件などが起きる度に胸が痛む。

これまで、教育の現場や専門家、行政が懸命に取り組んできていると思われるのに、自損、他損の事件は後を絶たない。

最近、教育虐待という言葉をよく耳にする。知らぬ間に陥っている親も多いという。子の為だと思い（本音は、自分の思惑を充たすため）、過剰な期待を寄せて我が子を引っ張っていく。子は、途中で重荷に耐えられなくなるか、あるいは学業を成就できたとしても、心の中に歪みが生じていたら、その子のゆく先は案じられる。

これまでのように、高い知識を得る為のみの知育教育一辺倒から、それと並行して、その子に合った心の教育にも、大人は力を入れて欲しいと……老残の身としては願うのみである。

別れの美学

私は少し前から、大正、昭和の古い歌謡曲や叙情歌をよく聴くようになった。実に、多彩な歌い手さんが唄っている。

昔の歌の中には、よく自然の風景が盛り込まれている。風景とある種の感情とが入り混って醸しだす、あの快い調《こころよ》べ……。

約半世紀前からこっち、流行った歌とかは、私はほとんど聞いていなかった。

夫が他界した後、一時期、全ての外界を遮断していたり、その後、超多忙の日常が始まったためである。

今、あれやこれや、まとめて聴いていて、ある事に気がついた。

別れに因んだ歌がとても多い。別れゆく、あるいは、別れ離れ住む人を想う。又、過ぎし時を偲ぶ……。

それぞれの個性あふれる歌い手さんが、情感たっぷりに唄いあげている。

人々が、この甘い旋律に魅せられ、この歌に感動する時、「別れの美学」が生まれる。

ある朝、早過ぎた目醒めに時間をもてあました私は、音量を絞って、数人の学生さんが奏でるレトロな曲をメドレーで聴いているうちに、再び眠ってしまった。

夢に夫が出てきた。彼はしきりに何かしているが、終始こっちをスルー。それはそう、四十代の夫には今の私は判らない。ＢＧＭのような微かな旋律が流れている中に、束の間出てきた夫は、いやにダンディーに見えた。

この、我がうたた寝の夢は、高まる音律に瞬時に消えてしまったが、夢の余韻はメロディーに乗って、暫くたゆたっていた。

それから、私は古い抒情歌や歌謡曲をよく聴くようになった。


別れは、辛く悲しいものであっても、それが時を経て追憶に変わるとき、ちょっぴり切ない懐かしさに色付けされる。

歌だけでなく、昔の小説や演じられるドラマの中にも、そんな別れは、美学となって出てくる。

「別れの美学」は、その、歌とかドラマの感動を盛り上げるのに一役も二役も支《か》っているのである。

パッと咲いてパッと散る、桜の潔《いさぎ》さを吾々は愛でる……それは、花だから。

本やドラマ、メロディーに乗る、美しい別れに人は感動する……絵空事だから。

他人の別れ話や訃報に、いちいち凄く心を痛ませない……それは、よそ様の事……。

こうして人は、自分の情感を育てたり、時に切り捨てたりして生きて行く。


さて、今このような、「別れの美学」を感じさせる歌とか物語は、あまり出ていない。

昨今、私が耳にするのは、リアルな別れのほう、現在進行形の問題。

私は、よくラジオの人生相談を聴いている。

離婚とか別れの問題もかなり多い。その大変さは、事情は違うが、私も十六年を共にした夫と死別しているので、身につまされる部分もある。その苛酷さは、生別、死別、それぞれ、違う部分も共通する処もあるようだ。

相談は、ほんとに切実に感じられるもの、ここまで何とか出来なかったかと、無責任にも思ってしまうもの、こんな事を人様に訊く？　というものも。なかには、この人このタイミングで相談してきて良かったと思えるもの。これはかなり多い。

相談は様々だが、回答側の先生方は、その専門性を駆使して、相談者が気付かない、あるいは装っている部分も冷静に掘り下げて解明していく。道標たらんと渾身を込めて、難問に向き合っていく姿勢にはいつも感じ入る。

私も色々、自分の指針にさせて貰っている。

以前、五十代の女性が、八十代の母親を単身で介護しているお話を聴いた。その大変な状況、彼女の心情を聴いているうちに、その女性の心根の優しさに触れて、胸がいっぱいになった事があった。


離別は、痛みや辛さ、悲しさを伴う（殊に子供に。小さければ、小さいほど）。誰にでも起きうる事で、これも、巡り合わせの一つなのだと思う。でも困難は、人に、乗り越えていくための知恵と力を授ける側面もある。


最近、頻に聞くのが、親が亡くなった後の遺産相続の争いである。

「争族」なんて言う造語まで出来た。

中には、通夜の晩、旅立って行く親の枕元で始まるものもあると聞く。

この親は、浮かばれるだろうか。

遺産争いの問題。皆で平等に、は良いが、生前の親への貢献度とか諸々の問題もからんでこよう。

誰かが涙をのんで我慢しても、後々、恨みが残ったり、亀裂が生じたりするのも、厭なものだ。

親も、遺産の事は、ちゃんと書き遺しておいたほうがよい。

この問題も、誰の上にも起こり得る過酷さをもっている。

これらの、様々な形《かたち》の別れ、それに因む争い事など、時に、有名人を中心として報道にも乗る。

現実には、生き別れでも、死別でも、そこに「美」が入る余地はなさそうだ。

「別れの美学」……それは遠くで眺めるもの。味わうもの。

そして、想うものかも知れない。

参考文献

著者　杉本秀太郎　「古典を読む　徒然草」　株式会社　岩波書店
著者　兼好　校訂・訳　島内裕子　「徒然草」　株式会社　筑摩書房
編者　大伴茫人　「徒然草・方丈記」　株式会社　筑摩書房
著者　橋本武　「解説　徒然草」　株式会社　筑摩書房
著者　簗瀬一雄　「古典を読む　方丈記」　株式会社　大修館書店
訳者　三木紀人　「現代語訳　方丈記・発心集・歎異抄」　株式会社　學燈社

黄昏の風景の中で
90歳のつぶやき

二〇二二年一月三十日　初版第一刷発行

著　者　藤村江
発行者　谷村勇輔
発行所　ブイツーソリューション
〒四六六・〇八四八
名古屋市昭和区長戸町四・四〇
電　話　〇五二・七九九・七三九一
FAX　〇五二・七九九・七九八四
発売元　星雲社（共同出版社・流通責任出版社）
〒一一二・〇〇〇五
東京都文京区水道一・三・三〇
電　話　〇三・三八六八・三二七五
FAX　〇三・三八六八・六五八八
印刷所　富士リプロ

ISBN978-4-434-29716-8